En garde

DE LA MÊME AUTRICE

Trancher, Flammarion, 2018 ; J'ai lu, 2019.
Un loup quelque part, Flammarion, 2020 ; J'ai lu, 2022.
Pas ce soir, Flammarion, 2022 ; J'ai lu, 2023.

Amélie Cordonnier

En garde

roman

Flammarion

ISBN : 978-2-0804-2977-3

Pour vous trois, qui m'avez demandé de raconter cette histoire. La nôtre.

À mes voisin(e)s.

« On est toujours pris à son propre piège.
Et personne ne peut s'en sortir.
Nous grattons, nous griffons,
mais dans le vide. »

ALFRED HITCHCOCK, *Psychose*

Prologue

Séisme, explosion, incendie, j'ignore quelle image employer pour décrire la déflagration que fut cet événement, ce trou dans nos vies. Je dis cet *événement* et non cet *accident* parce qu'il n'a rien de fortuit. Nous n'en sommes pas sortis indemnes, nous n'en sommes pas revenus, pas vraiment. Une part de nous est restée là-bas, à cette époque où nous n'osions plus rire ni crier, et je n'arrête pas de me demander quelles séquelles les enfants en garderont. C'est pour cette raison que je ne décolère pas. Pour cette raison aussi que j'ai fini par céder et accepter de raconter ce qui nous est arrivé, il y a trois ans. Mon mari pense que cela me fera du bien. Moi j'espère juste que cela nous permettra de comprendre. Et de suturer les jours. J'ai longtemps tenté de brocanter mes souvenirs. J'ai voulu reprendre le cours de ma vie, passer à autre chose, faire table rase, tourner la page, toutes ces expressions faciles qu'on utilise comme si l'on pouvait recommencer de zéro. Mais c'est impossible évidemment. Et tant mieux. Je ne veux pas m'en remettre de toute façon. Ce serait perdre la trace de ce que nous avons été et tuer ceux que nous sommes devenus, malgré nous.

Je vais narguer la honte, gratter nos plaies, extraire nos plus sales souvenirs des cellules gélatineuses de mon cerveau et les disséquer un par un. Ce ne sera pas de l'autofiction, ce sera de la vivisection. Je veux écrire cette histoire. Parce que c'est une expérience plus fervente et plus tranchante que l'oubli.

Première partie

Il faut que je raconte tout depuis le début. Le début-début, comme dirait Lou. C'est la seule façon de comprendre comment il est entré dans notre vie. Notre vie à quatre et chacune de nos quatre vies. C'est la seule façon d'expliquer comment il les a foutues en l'air, l'air de rien. Mais pour qui nous sommes-nous pris à croire que nous pouvions lutter face à lui, face à elles et tous leurs chefs réunis, tapis dans l'ombre sournoise de leurs bureaux ? Pour qui nous sommes-nous pris ? Je ne sais pas. Tout ce que je sais, c'est qu'il faut que je raconte depuis la lettre. Ou plutôt les lettres, puisqu'il en a fallu une deuxième pour corriger la première. J'ai failli écrire pour *corriger le tir*, et c'est tout à fait ça. Fusil bien ajusté, œil sur le viseur avec nous quatre en ligne de mire. Cette lettre, je voudrais l'avoir égarée, perdue sous le canapé ou derrière un meuble de la cuisine, où elle aurait glissé avant de prendre la poussière et d'être grignotée par les mites qui saccagent sans pitié nos pulls et nos t-shirts. Mais mangent-elles le papier ? Cette lettre, je voudrais ne l'avoir jamais ouverte. Peut-être ainsi ne se serait-il rien passé. Comme chez tout le monde, avant les mails, ma boîte débordait. Et pas seulement de publicités. Formulaires administratifs, quittances de loyer, factures de gaz et d'électricité, relevés bancaires, attestation de la Sécurité sociale, justificatifs de la mutuelle, PV, impôts, et au milieu de tout ça, des invitations, parfois même quelques cartes postales. Du courrier, j'en recevais des paquets. Mais de ce genre-là, jamais. Cette lettre enfouie dans la pile, par laquelle tout a commencé et à laquelle je n'ai fait que penser pendant des jours et des nuits, m'a cueillie. Je ne m'en suis pas méfiée, n'y ai pas tout de suite prêté attention, car rien ne la distinguait des autres, rien n'attestait son importance, ni tampon ni accusé de réception. Combien de temps m'a-t-elle sagement attendue ? Deux ou trois jours si j'en crois le cachet de la Poste. En l'ouvrant, je découvre qu'elle est datée du 8 juin 2020 et envoyée par le Centre d'action sociale de la Ville de Paris. C'est écrit en lettres capitales en haut à gauche. En dessous figure l'adresse : Service social de Proximité du 15e Arrdt 25, rue Falguière, 75015 Paris. Je vois très bien où il se situe. À deux pas du musée Bourdelle où j'ai plusieurs fois emmené les enfants, petits, heureuse de les entendre s'exclamer devant les sculptures en bronze exposées dans le jardin intérieur puis de les photographier au côté du garçonnet nu de la *Première Victoire d'Hannibal*, dont ils ne se lassaient pas d'admirer l'aigle qu'il brandit victorieusement au-dessus de la tête, avant de s'amuser à singer sa pose, bras haut levés, visage de profil et bouche ouverte sur un large sourire.

La lettre paraît on ne peut plus officielle et n'a absolument rien de drôle. Pourtant je ris en la lisant, persuadée d'être menée en bateau. Oui, je vogue sur le voilier qui sert de logo à la Ville de Paris et d'en-tête à la missive. C'est une plaisanterie.

Madame, Monsieur,

Le service social de Proximité vient d'être saisis d'une information concernant votre enfant dans le cadre du dispositif parisien de protection de l'enfance*.
Il est chargé d'évaluer la situation de vos enfants Lou et Gaël et de déterminer avec vous les actions d'aide ou de protection éventuelles dont votre famille pourrait bénéficier.

Dans cet objectif, Madame TRAJIC, assistante sociale, et Madame BRUNE, assistante sociale, vous rencontreront le :

Lundi 22 juin 2020 à 11 heures
Au : CENTRE D'ACTION SOCIALE
25, rue Falguière, 75015 Paris, Paris 15e
Métro : Falguière.

** en application de la loi 293 du 5 mars 2007 art. L221 réformant la protection de l'enfance.*

Le courrier est signé au feutre bleu par Mme Dagaubert et je me souviens de m'être bêtement demandé si elle avait mis sa culotte à l'envers. D'autres raisons me portent à croire à ce moment-là qu'il s'agit d'un canular. L'adresse sur l'enveloppe n'est pas la bonne, ce qui ne l'a pourtant pas empêchée d'arriver. La lettre est adressée à Monsieur et Madame Cordonnier alors que j'ai fait à l'ancienne, pris le nom de mon mari en l'épousant quand bien même je ne m'en sers qu'au pressing, pour signer le carnet de correspondance des petits et voyager avec eux en paix, sous un seul et même patronyme. Mes enfants ne se sont jamais appelés Cordonnier. Et mon fils ne se prénomme pas Gaël, comme indiqué, mais Gabriel. Non, décidément, ça ne colle pas. Je laisse tomber, pose la lettre dans un coin et passe à autre chose. Le soir, je ne pense même pas à en parler à Alexandre, preuve que je ne me fais absolument aucun souci. Ce n'est qu'au deuxième courrier que je prends les choses au sérieux. Il arrive le surlendemain. Daté cette fois du 10 juin. À cette seule exception près, il me paraît parfaitement identique au premier. Mais mieux vaut vérifier. Dans ma tête s'allume un signal. Il me faut de longues minutes pour retrouver la première lettre enfouie sous une pile de journaux au pied du canapé sur lequel je m'affale. Mes mains tremblent en plaçant les deux feuilles côte à côte. Notre adresse a été modifiée ! Cette fois nous ne sommes plus domiciliés dans le 20e mais bien dans le 15e arrondissement, et cette correction me glace. Je me lance sans même m'en rendre compte dans un jeu des sept différences qui ne m'amuse pas du tout. Les autres erreurs subsistent. Le courrier est toujours adressé à M. et Mme Cordonnier. Mais mon fils a été rebaptisé Gabin. À part ça, le message reste le même. Mot pour mot. La faute d'orthographe n'a pas disparu. *Le service social de Proximité vient d'être saisis.* Le *s* me nargue, imperturbable et bien accroché, contrairement à mon cœur affolé que je sens pulser jusque dans mes doigts. Le rendez-vous n'a pas changé lui non plus. Même jour, même heure, Mesdames Trajic, Brune et Dagaubert à leur poste. Trois Parques prêtes à nous recevoir tous les quatre. À y regarder de plus près, je finis par remarquer que la signature apposée sous le nom de la troisième s'est métamorphosée. Envolée, la mention P/o (qui signifie *pour ordre*, je l'ignorais alors) suivie de grandes boucles, grosses et grasses, totalement indéchiffrables (CGlLf ?) mais accompagnées d'un *f* aisément identifiable bien que barré trois fois par un épais feutre bleu, fier d'étaler sa bave. À sa place, quatre lettres noires, fines et sèches. Parfaitement droites. Pas soulignées. Sûres d'elles, autoritaires. Menaçantes déjà. Pourquoi ? Cette question-là aussi m'a hantée jusqu'à ce que la secrétaire finisse plus tard par m'expliquer que la première lettre avait été envoyée sans la validation de Mme Dagaubert, obligée de remettre les choses à l'endroit. La sonnerie du portable n'interrompt pas mes angoisses. C'est ma mère, à qui j'expose l'affaire. Pour elle, pas l'ombre d'un doute, il s'agit d'une farce. Comment ça ? Ma chérie, voyons, dans *Un loup quelque part*, est-ce que tu ne racontes pas l'histoire d'une mère à la limite de la maltraitance ? Quelqu'un à qui aura déplu ton nouveau roman t'aura joué un tour, fait une mauvaise blague. Une blague dégueulasse alors ! Oui, on est d'accord, mais ne t'inquiète pas, téléphone-leur, tu seras rassurée. Je suis son conseil et appelle le numéro à contacter *en cas d'impossibilité de votre part*. 01 56 46 33 25. Ça sonne occupé. Je renouvelle mon appel des dizaines de fois et mon stress monte d'un cran à chaque nouvelle tentative.

Trois quarts d'heure plus tard, je suis dans tous mes états. La personne qui me répond enfin m'invite à ne pas quitter. Avant de s'excuser : Madame Trajic est en rendez-vous, mais je n'ai qu'à laisser un message, elle me rappellera dès que possible. La journée passe sans qu'elle le fasse. Je ronge mon frein, tous mes ongles, et peine à me détendre malgré la bouteille de blanc que débouche Alexandre quand il rentre enfin du bureau. Lui trouve ça comique que Mme Trajic ne donne pas de nouvelles, même s'il reconnaît qu'elle est vraiment facile, celle-là. Je tente à nouveau de la joindre le lendemain matin. En vain. Cette fois elle est en congé et ne sera de retour que lundi. Le week-end me paraît interminable. J'essaie de ne pas y penser, mais évidemment je ne pense qu'à ça et n'arrive pas à apprécier la fête de famille organisée par ma mère, qui s'efforce de me rassurer. Lundi à 10 h 15, je suis seule à la maison en télétravail quand s'affiche sur mon portable un numéro que je ne connais pas. Je sais que c'est elle, avant même qu'elle se présente. Bonjour, madame Trajic à l'appareil. Je m'assieds. Oui, j'ai bien reçu les deux courriers. J'explique d'entrée de jeu qu'il doit y avoir une erreur. D'ailleurs il y en a même plusieurs. Mme Trajic m'écoute les égrainer sans m'interrompre, mais le soupir qui lui échappe trahit son impatience. Elle admet que ces inexactitudes puissent me gêner, pourtant cela ne change pas le problème et ne lui semble pas bien grave. De toute façon, les approximations orthographiques sont fréquentes dans ces cas-là. Comment ça ? Dans quel cas ? Mme Trajic m'explique que nos noms et prénoms ont été donnés le jour où a été passé l'appel et que… L'appel ? Quel appel ? Ma voix se brise tandis que les phrases du courrier sortent de sa bouche. En boucle. Le service social de proximité a été saisi d'une information et doit enquêter pour vérifier que les enfants ne courent aucun danger. Je remarque qu'elle évite consciencieusement l'adjectif possessif, dit *les* enfants, et non *vos* enfants, comme s'ils n'étaient déjà plus les miens. Comment ça ? Quel danger ? Un appel a été passé au 119, Mme Trajic ne peut rien me révéler de plus, désolée. Le 119… Ce numéro me dit quelque chose… Mais oui, je me souviens de cette campagne vidéo. Je l'avais trouvée terrible. On ne voit que le plan fixe d'une barre HLM, puis d'une meulière, d'un immeuble en pierre et d'un pavillon plongé dans la nuit noire, alors il faut imaginer ce qui se passe derrière les fenêtres éclairées à partir des cris, des pleurs, des hurlements. Et bien sûr c'est pire. Soudain je n'entends plus Mme Trajic au bout du fil mais l'effroi, le *Tais-toi, tais-toi* désespéré de cette femme à bout, le *Mais regarde-toi, t'es énorme* d'une mère, sourde à un *Arrête maman !*, et puis son humiliant *C'est pas ma faute, hein si t'es grosse*, et puis la porte qui claque, et tout de suite après, sans nous laisser le temps de souffler, des sanglots étouffés, et puis un chuchotement dégueulasse *Faut pas le dire à papa-maman, hein, ce sera notre petit secret*, et puis sans transition un *Pourquoi ça t'amuse ?* et les coups qui pleuvent, la haine qui éclate, les cris, les claques en rafale, les *Aïe* d'un gamin en larmes, un *Arrête !*, un *Ne t'en mêle pas toi !*, un impuissant *Lâche-le !*, et puis une chaise et des claques qui tombent en même temps, des bruits sourds sur le plancher où un corps s'effondre, et puis des pieds, des mains, des poings qui tapent, doivent frapper le ventre, frapper la tête, frapper le visage, frapper partout pour qu'il n'y ait pas de jaloux. Je revois des cartouches blancs défiler à l'écran : Violences physiques, Violences psychologiques, Violences sexuelles, Pour arrêter ça agissez #EnfanceEnDanger, et puis une dernière inscription en rouge, cette fois : Dans le doute appelez le 119. Quelqu'un a donc eu un doute. Quelqu'un a eu un doute et a appelé le 119. C'est aussi simple que ça. Chaque jour des milliers d'enfants sont maltraités par leurs proches, rappelle le spot. Alors pourquoi pas les nôtres ? Il faut bien qu'ils vivent quelque part, ces gosses. Pourquoi pas chez nous ? Ça y est, j'ai saisi : quelqu'un nous a dénoncés ! Un signalement a été fait, me reprend Mme Trajic qui s'entête à n'employer que des formules passives. Mais quand ? Et par qui ? Je ne peux pas vous le dire. Les signalements restent anonymes. Les gens qui appellent le 119 ne sont pas tenus de décliner leur identité, et quand bien même la personne qui vous a signalés l'aurait fait, je ne vous l'aurais pas révélée. Vous voulez dire que n'importe qui peut dénoncer anonymement son voisin ? Qu'entendre suffit à faire foi, à faire accuser ? La stupéfaction et la colère enrouent ma voix. L'appel ne date pas d'hier. Il a été passé il y a trois mois, en mars, durant le confinement, c'est la seule chose que daigne divulguer Mme Trajic. Le confinement… Ah, j'y suis. Soudain quelque chose cède en moi. Mes défenses s'effritent. Je tente de me calmer. Respire. Allez, respire encore. On ne se rend pas compte de ce que c'est, rester enfermés pendant des semaines, à quatre dans un appartement, sans balcon ni parc où aller se défouler et sans copains du jour au lendemain. L'âge de raison porte mal son nom dans de pareilles conditions. Cette période a été très dure, vous savez… Ma fille a beaucoup pleuré. Des crises de larmes et de colère tous les jours. Jusqu'à six par jour. Un genre de dépression. Je raconte mon bébé de sept ans, dévasté. Je décris sa détresse, son refus de s'habiller, ses journées ravagées, ses nuits hantées de cauchemars qui trouent les miennes et puis sa culpabilité, parce qu'elle s'en voulait, la pauvre… Je dis la vérité, je dis que moi aussi j'ai fini par craquer. Vers la huitième semaine à peu près. Entre les chagrins à consoler, le calme qu'il ne fallait pas perdre et l'énergie qu'il fallait trouver pour faire l'école sur la table du salon tout en enchaînant les réunions en visio. Et puis le ménage, la cantine, tous ces repas à préparer, ces menus à prévoir, matin, midi et soir, avec en prime la hantise d'être virée et le chômage partiel qui obligeait à travailler autant en deux fois moins de temps. Je dis la vérité, et j'ai l'impression de regagner des points, peut-être même l'estime de Mme Trajic. Elle me comprend, compatit. Alors je fais un pas vers elle, moi aussi. Je reconnais l'utilité du 119, me réjouis de l'existence de tous les numéros d'urgence et glisse que moi-même, à ma façon, j'ai à cœur de lutter contre les violences faites aux femmes. Puis je m'enhardis. Je dépasse les bornes, sans même m'en rendre compte. J'ajoute que dans notre cas, ces accusations anonymes ne tiennent pas la route… Ça, voyez-vous, madame Cordonnier, ce sera à nous d'en juger, me coupe sèchement l'assistante sociale. Je viens de franchir la ligne rouge, de prononcer la phrase de trop. Celle qui ruine la patience de Mme Trajic, sape sa bienveillance de façade, ouvre la porte à son agacement. La voilà qui ne prend plus de pincettes. Son ton trahit une indifférence et une froideur insoupçonnables quelques secondes plus tôt, une dureté qui ne supporte pas la contradiction. C'est justement pour évaluer la situation de votre famille que nous vous avons fixé ce rendez-vous auquel vous devez vous rendre. Je m'incline avant qu'il ne soit trop tard. Bien sûr, madame. Je trouve le courage de lui demander comment va se passer la rencontre. Nous vous recevrons tous ensemble puis nous vous entendrons séparément. Vous et votre mari d'abord, les enfants ensuite. C'est clair ? Je ne réponds rien. Ni oui ni non. Je laisse un blanc. Je nous avais imaginés tous les quatre dans son bureau, croisant les doigts et nous serrant les coudes, stressés mais solides, soudés. Je nous représentais aussi parfaitement Alexandre et moi, faisant bloc face à elles deux. Mais subitement tout s'efface. Je ne me vois pas me lever et sortir de la pièce pour que ces femmes passent mes enfants à la question. J'en suis incapable. Cette idée m'est insupportable. Je refuse de leur laisser les petits, de les abandonner à leurs interrogations sournoises, leurs insinuations que j'imagine dégueulasses. Comment leur naïveté et leur innocence pourraient-elles faire le poids face à la toute-puissance de ces dames formées pour juger ? Elles vont les écrabouiller. Je ferme ma gueule de lionne prête à la déchiqueter et ne la rouvre que pour lâcher un *Oui, très clair*, qui empeste la peur. J'assure que nous serons là lundi prochain avant de me rendre compte que Lou et Gabriel sont en classe à 11 heures… Je crains de chiffonner mon interlocutrice, déjà assez froissée comme ça, mais l'école exige des justificatifs à la moindre absence et je ne me vois vraiment pas transmettre à la directrice la convocation du centre d'action sociale… Alors d'une voix craintive que fait trembler la honte, je confie que cela m'ennuie de faire rater les cours aux enfants. Oh, évidemment ! C'est tout à mon honneur. Mon honneur bafoué de mère indigne. Mme Trajic se radoucit. Elle va voir ce qu'elle peut faire. Elle ne cherche qu'à se montrer arrangeante, vous savez. Elle en rajoute, m'invite à patienter, me demande juste un instant, s'il vous plaît, le temps de consulter l'agenda. Elle multiplie les fausses politesses avec un plaisir non dissimulé. Sa déférence pue la condescendance. Et sa courtoisie m'écœure. L'aigu de sa voix, son afféterie, sa sollicitude, son hypocrite bonhomie : tout sonne faux en elle. Même les clics de sa souris qui frétille de plaisir me donnent envie de vomir. Lundi en fin de journée, ça va être compliqué. Mardi aussi… Mercredi matin, pas mieux. Ne vous inquiétez pas, madame Cordonnier, on va y arriver ! Je l'entends sourire au bout du fil. C'est un sourire de victoire. Et, comme Hannibal, elle la savoure, sa victoire. Se délecte de son petit pouvoir. Jubile, jouit éhontément de sa supériorité et tire une satisfaction inouïe à inverser les rôles. Pour un peu, on croirait que c'est moi qui l'ai sollicitée et que je la supplie de bien vouloir nous recevoir. Alors… Son excitation monte par paliers, alors, alors, puis atteint son paroxysme, Ah ! J'ai trouvé ! Je peux vous proposer de venir le 24 juin. Les enfants n'ont pas école le mercredi, n'est-ce pas ? Gabriel si, mais seulement le matin. Alors l'après-midi, dans ce cas ! 15 h 30, ça vous va ? J'acquiesce, la salue, raccroche et m'effondre. Rincée. Je suis en nage. De la sueur coule le long de ma nuque, trempe mon t-shirt et empoisse mes cuisses. Mes pieds baignent dans une mare où se noie mon insouciance et où surnagent tant bien que mal ma confiance et ma dignité. Je me sens vidée. Il n'y a guère que mon sang-froid que je n'ai pas perdu. Je pourrais m'en féliciter si je n'entendais pas résonner dans ma tête le pitoyable écho de mes derniers mots. J'ai été impeccable avec Mme Trajic, j'ai dit d'accord, j'ai dit parfait, j'ai même dit merci.

Pour moi, la dénonciation anonyme c'était de l'histoire ancienne.
Une histoire que me racontait ma grand-mère,
Une histoire de salauds pendant la guerre,
Qui puait la lâcheté et mettait la vie en danger.
En France en 2020, je croyais que la dénonciation n'existait plus.
Finie, terminée. Enterrée !
Eh bien je me trompais.

Mais *séparément*, ça veut dire quoi ? me demande Alexandre, qui décidément refuse de comprendre. Moi, j'ignore comment on en est arrivé là, je ne sais pas exactement ce qui va se passer à partir de maintenant, mais j'ai très bien saisi ce que signifie *séparément*. Cela me paraît parfaitement clair, comme dirait Mme Trajic. Alors j'explique. *Séparément*, ça veut dire nous en premier puis Lou et Gabriel ensuite. Mais pas forcément ! Selon Alexandre, il y a encore une troisième option. *Séparément* cela peut aussi impliquer que les petits seront entendus chacun son tour. Successivement. L'un après l'autre. Lou puis Gabriel, ou Gabriel puis Lou. Je n'y avais pas pensé... Pourtant j'ai passé la journée à ruminer en attendant qu'Alexandre rentre puis que les enfants soient couchés pour tout lui raconter. Je me suis fait des films, plus horribles les uns que les autres. Ai inventé toutes sortes de scénarios atroces, me suis représenté leur supplice pendant des heures, jusqu'au haut-le-cœur. J'ai tout imaginé. Senti la peur, la pisse et le brûlé. Vu le gril et le bûcher. Entendu les menaces de Mme Trajic, sa voix doucereuse, les questions insistantes, insidieuses qu'elle répétait, répétait, jusqu'à ce que Lou et Gabriel finissent par craquer et avouer tout le mal qu'on ne leur a jamais fait. J'ai tout envisagé, et pourtant à aucun moment je n'ai imaginé que Lou et Gabriel puissent être séparés. Cela ne m'a pas traversé l'esprit. Pas même une seconde. Je me les suis toujours représentés pieds et poings liés. À deux. Ensemble. Ligués contre les assistantes sociales. Gabriel seul avec elles, je parviens à peu près à le concevoir. Il est malin, a de l'esprit, de la repartie. Il se montrera peut-être un peu intimidé au début, mais ne se laissera pas prendre dans leurs filets. Il évitera leurs pièges. À bientôt quatorze ans, il saura répondre aux questions et se défendre des accusations. Mais à sept ans, on n'est pas armé pour affronter des situations pareilles. Mon bébé, ma poupée… Ma Lou… Tu l'imagines, toi, Lou, sans son frère, seule face à Trajic et aux autres ? Alexandre cesse enfin de faire les cent pas dans le salon pas assez grand pour en contenir autant. Le voilà qui se fige, me regarde fixement, sans ciller. La colère raidit sa nuque. Dans ses yeux noirs brille un éclat inconnu qui m'effraie. Il y a en lui quelque chose d'inédit que je ne saurais décrire, une détermination mâtinée de haine, de la violence peut-être même. Je ne reconnais pas l'homme qui s'approche de moi, n'ai jamais vu cet air mauvais qui durcit ses traits, jamais senti ses doigts enserrer brutalement mon poignet comme il le fait, jamais entendu ni cette voix mordante, ni le ton autoritaire sur lequel il s'adresse à moi. Je les découvre pour la première fois. Ne t'inquiète pas, regarde-moi et écoute-moi bien. J'obéis aux ordres qu'il me donne, le regarde droit dans les yeux et l'écoute attentivement, mais ce qu'il me dit ne me rassure pas. « Si on briefe bien Lou, si on lui explique tout et qu'on répète avec elle, plusieurs fois, elle dira ce qu'il faut, ça ira. »

C'est un tango idiot de trois mots. Ça va aller. Ça va aller ça va aller ça va aller ça va aller ça va aller. Voilà onze jours, je les ai comptés, que cette malheureuse phrase danse dans ma tête. Alexandre n'arrête pas de me le dire et me le redire, sur tous les tons. Pourtant rien n'y fait. Rien ni personne ne parvient à me calmer. Ni la tablette de chocolat noir qui y passe après le dîner, ni le paquet de clopes que j'ai racheté après tant d'efforts pour arrêter, ni ma mère, ni Juliette à qui j'ai tout raconté. J'ai beau formuler les mêmes phrases qu'elles, j'ai beau me montrer confiante, me répéter encore et encore que rien ne peut arriver, que je n'ai absolument rien à me reprocher, cela ne marche pas. Mme Trajic a libéré en moi une horde déchaînée de peurs, difficiles à tenir en laisse et impossibles à faire taire, qui aboient à la mort non-stop, me tétanisent le jour, m'empêchent de fermer l'œil la nuit. Je n'arrive plus à travailler, j'assiste, muette, aux réunions qui s'enchaînent, n'écoute pas ce que mes collègues me disent, accumule du retard dans les papiers à écrire, à corriger, ne parviens plus à parler. Lou trouve que j'ai l'air fatiguée. Gabriel me lance régulièrement *Ça va maman ?* Tous les deux voient bien que quelque chose cloche, mais je ne peux pas leur expliquer que leur père me harcèle pour qu'on leur parle alors que je préfère attendre un peu, le plus longtemps possible, histoire de ne pas les affoler. Je ne peux pas leur expliquer que c'est chaque matin la même rengaine, le même *Allez, maintenant on leur dit !* que je repousse d'un *Ce soir au dîner, promis !* et le soir venu d'un *Demain, d'accord ?*

Cette fois, demain, c'est la veille du jour J, et le dîner, c'est maintenant. Plus possible de reculer. Alexandre ne demande pas aux enfants comment s'est passée leur journée, il n'interroge même pas Gabriel au sujet de son devoir de maths qu'il a pourtant bossé avec lui tout le week-end. Non, il se jette à l'eau sans prendre la température. Moi je préfère ne pas me mouiller tout de suite. Je l'écoute raconter les choses comme convenu, pas à pas. Dans le bon ordre : la lettre d'abord, mon appel ensuite, puis le rendez-vous. J'apprécie sa concision autant que sa douceur. Ce qu'il dit aux petits ne leur fait pas peur. Pas encore. Affamé, comme toujours, Gabriel garde les yeux rivés sur son assiette, entortille ses pâtes autour de sa fourchette avant de les enfourner dans sa bouche et d'aspirer les spaghettis récalcitrants avec un bruit de succion exaspérant et interdit, qui ce soir pourtant m'indiffère. Lou, elle, a posé ses couverts. Elle écoute son père religieusement. Il y a quelque chose d'appliqué, de studieux même dans ses hochements de tête silencieux. Elle s'assure de tout bien comprendre. Quand Alexandre évoque la Protection de l'enfance, elle ne moufte pas, *protection* et *enfance*, ça va. En revanche, elle demande ce qu'est une assistante sociale. Son père lui répond sans hésiter qu'il s'agit d'une dame chargée d'aider des personnes qui ont des problèmes et de leur donner des conseils. Ben parfois c'est des gars, corrige Gabriel. Alexandre lui donne raison. Oui, cela peut être un monsieur ou une dame, mais nous, ce sera deux dames qui nous recevront. Mmes Brune et Trajic. Évidemment ça ne loupe pas, sa précision éclate Gabriel en train de boire. Le voilà qui tousse, avale de travers, se marre comme une baleine et recrache son verre dans un jet puissant. Eau, sauce tomate et postillons giclent, coulent le long de son menton, tachent son t-shirt blanc et arrosent la table. Il en met partout, pourtant Lou garde son sérieux. Quelque chose l'inquiète, je le vois à ses sourcils froncés. Mais nous, on n'a pas de problèmes, bafouille-t-elle en tendant une serviette à son frère que le tremblé de sa voix calme direct. C'est une affirmation. Pour elle, la question ne se pose pas : tout va bien. Cela va de soi. Pourtant elle attend une confirmation de notre part. Un parent, ça sert à ça, à rassurer ses enfants. Alors de mes lèvres s'échappe un *Ça va aller*, moins confiant que je ne le voudrais. Apaisement de pacotille. Alexandre vole à mon secours, se lance dans une tirade étayée, s'évertue à démontrer par A plus B que nous n'avons en effet aucun souci à nous faire, AUCUN, tu m'entends. Gabriel vient en renfort, et c'est finalement son *T'inquiète, ma biche* qui la rassérène. Lou croit son frère qui lui, en revanche, ne croit pas son père. Il a fini son assiette et compte bien débattre maintenant qu'il a la panse pleine. D'où ils nous font venir, comme ça ? Puisqu'on n'a pas de problèmes, puisqu'on n'est pas en danger, qu'on n'a pas du tout besoin d'être protégés, pourquoi ils veulent nous voir, on peut savoir ? Parce qu'il y a eu délation et maintenant suspicion. Je réponds du tac au tac, sans réfléchir, et le regrette instantanément. J'ignore ce qui me prend à ce moment-là, mais sais que je nous fais tomber dans un bourbier dont il va être compliqué de nous extraire. Un double *Quoi ?!* fuse de la bouche des enfants. En temps normal, Lou aurait crié *chips !* comme elle le fait chaque fois que deux personnes disent la même chose en même temps. Mais là, non. Elle se tait. Attend des explications qui ne viennent pas. Son frère aussi. Vas-y maman, précise ! me lance-t-il, énervé, avant de dégainer son portable. Il pianote des deux pouces puis lit à haute voix : *Suspicion : fait de considérer comme suspect.* OK ! Apparemment ça lui suffit. Le voilà qui efface, écrit, puis lit de nouveau. *Délation : dénonciation inspirée par des motifs méprisables.* La définition que donne le dictionnaire ne l'éclaire guère. Alors il scrolle, fait défiler l'écran en soupirant puis revient en arrière et clique finalement sur Wikipédia : *La délation désigne une dénonciation jugée méprisable et honteuse. Elle consiste à fournir des informations concernant un individu, en général à l'insu de ce dernier, souvent inspiré par un motif contraire à la morale ou à l'éthique et donc honteux (subjectif).* Les regards qu'il nous jette trahissent sa colère autant que son désarroi. Il débite la suite à toute allure et l'image d'une mitraillette me vient, qui nous descend un par un : *Tournée contre un individu ou un groupe d'individus, la délation est faite par un délateur, individu ou groupe de personnes, pour son propre gain (s'enrichir et accaparer les biens d'autrui) ou pour lui nuire de manière malveillante (jalousie, envie, haine). La fonction de délateur peut être créée et rémunérée par un pouvoir qui cherche à obtenir des renseignements contre ses adversaires ou ses ennemis.* Tous ces mots bien trop gros l'assomment d'un coup. Sa sœur aussi. Son père n'en mène pas large. Moi non plus. Nous voilà tous sonnés. K.-O. Un silence cinglant s'abat sur la table, s'immisce entre nous, prend toute la place. Alexandre a la tête entre les mains et du flou dans les yeux. Lou fixe son assiette où slalome un spaghetti perdu comme elle. Et bien sûr je m'en veux. D'habitude Gabriel joue les décodeurs pour sa sœur, reformule gentiment les phrases compliquées, les simplifie ou les transpose dans un vocabulaire plus adapté à son âge et s'assure qu'elle a compris. Mais ce soir, non, il repose son portable puis le range dans sa poche, et c'est peut-être ce qui m'affole le plus. La même question brille dans nos yeux, palpite sur nos lèvres, et finalement c'est Lou qui la pose. Mais qui nous a dénoncés ? Alexandre se reprend, se redresse et repart à l'attaque : aucune idée, ma biche. Je vois bien les efforts qu'il déploie pour s'adresser à sa fille doucement et faire comme s'il avait les épaules assez larges pour tout encaisser. Un voisin ! s'exclame Gabriel. 100 % c'est Michel Normand, il ne supporte pas mon rap. Alexandre approuve d'un peut-être, pas Lou. Mais non, pas du tout ! Pour une fois elle n'est pas d'accord avec son frère. Elle a une tout autre idée, et si je n'étais pas dans un tel état je me féliciterais de l'autonomie de sa pensée et de la clarté avec laquelle elle l'expose. Pour elle, ce sont *les méchants* du deuxième qui nous ont dénoncés. On sait tous les trois qu'elle désigne ainsi les Berchon, qui habitent juste en face de Morgane, les Berchon qui ont une dent contre elle depuis qu'elle est bébé et qu'on surnomme parfois les Cochons, les Berchon qu'on n'entend jamais, eux, comme ils ne se privent pas de nous le faire remarquer, les Berchon dont nous faisons soi-disant trembler le plafond, les Berchon qui ne supportent pas que Lou sifflote en montant l'escalier et encore moins qu'elle le dévale en chantonnant, les Berchon qui lui ont interdit de jouer aux billes mais aussi aux Kapla dans sa chambre située juste au-dessus de la leur, pas de chance, les Berchon qui se plaignaient de l'entendre courir quand elle savait à peine marcher et à cause de qui on a jeté les pantoufles à tête de licorne qu'elle adorait pour les remplacer par des chaussons-chaussettes « à la semelle plus discrète », les Berchon qui nous ont obligés à revendre sur Leboncoin, dès le 3 janvier, le punching-ball que nous avions offert à son frère pour Noël et dans lequel il avait entrepris de lui apprendre à frapper pour se défouler, Allez Biche, tape, tape, gauche droite enchaîne, les Berchon qui montent le dimanche pour nous signaler qu'on rit trop fort pendant le déjeuner, vous y croyez ?, ou qui sonnent parce que je m'enthousiasme au téléphone (Charlotte m'a proposé de témoigner : quand le coup de sonnette de Mme Berchon nous a interrompues, ce matin-là, nous venions de commencer notre conversation, l'atteste la capture d'écran que j'ai gardée, sait-on jamais, 11:06 Appel entrant

6 minutes, alors OK, je m'extasiais sans doute trop bruyamment sur *Histoires de la nuit*, le nouveau Mauvignier qui m'avait scotchée, mais enfin, calmons-nous, nous étions un mardi matin, ne faisions que parler littérature et je n'avais même pas mis la radio), bref les Berchon qui n'en peuvent plus de nous, les Berchon qui nous pourrissent la vie depuis le jour de notre emménagement. J'acquiesce : Oui, ma biche, les Berchon, c'est possible. À moins que ce soit Morgane... À peine ai-je le temps de terminer ma phrase qu'Alexandre me coupe. Mais qu'est-ce que tu racontes ? m'agresse-t-il. Morgane n'a rien à voir là-dedans. J'ai l'impression qu'il change de camp. Pire, qu'il passe à l'ennemi. Morgane habite juste en dessous de notre cuisine et n'a pas la même vie que nous, c'est une comédienne. La nuit elle joue, et elle se couche quand les enfants se lèvent, alors la demi-heure de petit-déj, de 7 h 20 à 7 h 50, ce n'est pas possible, trop pour elle. Une fois, il y a des années, son ex a menacé de casser la gueule à Alexandre sans qu'on ait bien compris pourquoi. Je sais que Morgane lui plaît. Je l'ai pris plusieurs fois en flagrant délit de désir. Je ne sais pas bien, mais je sais. Je sais qu'il commente toujours ses changements de coiffure, la préfère en rousse plutôt qu'en blonde, rougit quand elle le salue, bafouille même parfois. Je l'ai vu plusieurs fois la mater de dos dans l'escalier et me demande tou-

jours s'il ne ralentit pas exprès chaque fois qu'il l'entend arriver. J'ai bien conscience de m'égarer, mais ça m'énerve, ça m'énerve qu'il la disculpe ainsi. Alexandre botte en touche. De toute façon, ce n'est pas la question ! s'exclame-t-il. Ah bon ? rétorque Gabriel. Tu t'en fous, toi, de savoir qui nous a dénoncés ? Oui, je m'en fiche totalement et j'aimerais que tout le monde ici fasse pareil, réplique Alexandre, de marbre. Impossible de se douter qu'il s'est salement énervé pas plus tard qu'hier, a claqué la porte, puis attendu que je l'aie rejoint dans la rue pour hurler. À quoi ça sert, à quoi ça sert ? gueulait-il, indifférent aux regards des passants. À quoi ça sert, tu peux me le dire, de nous être endettés sur vingt ans, d'avoir dépensé tout notre fric pour acheter ce putain d'appart', si c'est pour atterrir dans un immeuble de merde, entendre Morgane baiser, la vieille du quatrième prendre son bain à 4 heures du mat' et lancer sa machine à laver en pleine nuit pour faire des économies, tu peux me le dire, hein, à quoi ça sert tout ça, le parquet, les moulures, la cheminée, si au final on se fait dénoncer par des connards qui ne supportent rien ? Tu peux me le dire, hein, à quoi ça sert ? Je l'ignore, mais sais que le calme policé auquel il se force en face des enfants n'est qu'une pauvre façade qui cache une peur effroyable.

Vivre comme ça, sans savoir qui nous a dénoncés, faire comme si de rien n'était quand je rencontre un voisin dans l'escalier ou tassée dans l'ascenseur, sous son regard inquisiteur, impossible. J'aimerais bien, j'ai essayé en vain. C'est au-dessus de mes forces. Je ne parviens pas à prendre l'air dégagé, même planquée derrière mes lunettes de soleil. Ni à dire bonjour naturellement. Il faut que je me force pour que le mot sorte, et après l'avoir prononcé je me demande chaque fois si ce n'est pas Judas que je viens de saluer. Trois ans plus tard, je m'interroge encore tandis que j'écris. À quoi ressemble donc le corbeau qui a téléphoné ? Peut-être à celui du film de Clouzot. Il me semble l'entendre croasser, sentir son bec au-dessus de nos têtes. Plumes noires, traces de pattes, je cherche des indices, et j'en vois partout. Qu'il s'agisse de lettres ou de coups de fil anonymes, au fond, la démarche reste la même, non ? Je vois mal un membre de la famille ou un de nos amis décrocher son téléphone pour nous dénoncer, et on peut aussi éliminer l'hypothèse des collègues de travail : qu'il s'agisse des miens ou de ceux d'Alexandre, nous ne les avons plus vus qu'en visio durant des mois. J'en reviens donc aux voisins que nous avions soupçonnés d'emblée. Un voisin discret a dû composer le 119, même si j'ignore toujours lequel dort bien au chaud derrière ses volets clos. Il y a trois ans, je soupçonnais tous les habitants de l'immeuble. J'imaginais un mouchard caché en chacun d'eux, ne pouvais m'empêcher de surveiller leurs faits et gestes et de les commenter en boucle dans ma tête. Je scannais mentalement leur posture, analysais leurs traits, leur attitude, leur manière de me parler, le ton sur lequel ils me souhaitaient une bonne journée, décryptais aussi leurs silences, la distance à laquelle ils se tenaient quand ils me toisaient dans le hall, et l'écart qu'ils laissaient entre eux et moi lorsqu'on se croisait dans l'escalier ou devant la porte d'entrée, et même la façon qu'ils avaient de la tenir, bras tendu, du bout des doigts, en s'effaçant derrière elle, ou au contraire de la claquer alors qu'ils m'avaient vue arriver. Personne n'a déménagé depuis, même pas nous, si bien que je continue aujourd'hui à décortiquer le moindre haussement d'épaules ou de sourcils. J'interprète tout car tout fait signe. Tout fait sens. Les saluts me semblent forcés et les visages fermés, hostiles. Et si quelqu'un me sourit, son sourire me paraît faux. J'ai l'impression de jouer au Cluedo. Oui, c'est tout à fait ça, le Manoir Tudor a quitté l'Angleterre pour la France, et a atterri dans le 15e arrondissement de Paris. Qui a dénoncé Mme Cordonnier ? À quel étage, dans quel appartement et avec quel téléphone la délation a-t-elle été commise ? L'immeuble compte cinq étages et deux logements par palier, à l'exception du cinquième étage qui abrite quatre chambres de bonne et du troisième étage où nous habitons dans deux deux-pièces réunis par le précédent propriétaire. Soit huit foyers suspects. Éliminons d'entrée de jeu les étudiants des chambres de bonne qui changent à chaque rentrée ainsi que les locataires du rez-de-chaussée. Le bon vieux docteur Beck n'habite pas ici et je ne vois vraiment pas le jeune couple adorable appeler le 119 alors que leur bébé hurle la journée et ne fait toujours pas ses nuits à dix-huit mois. Innocentons aussi sans hésitation la vieille du cinquième, sourde comme un pot malgré son Sonotone. Au premier étage, l'appartement de droite est inoccupé à cause d'interminables travaux, et à gauche vit une architecte célibataire qui passe sa vie au bureau. Elle, je n'y crois pas trop. Reste donc Morgane et les Berchon au deuxième. Michel Normand et les Duchamp au quatrième. Mais les Duchamp ont un alibi béton : ils n'étaient pas là en mars, confinés à la campagne. À moins qu'ils aient téléphoné depuis la Sologne ? Non. En plus, ils sont rentrés bronzés, enchantés, hyper détendus de ce qu'ils appellent des vacances. Disculpons-les aussi. Les enfants ont raison depuis le début, il y a bien trois suspects : Morgane, les Berchon et Michel Normand. Michel Normand n'avait-il pas l'air gêné, ce matin encore ? Et Morgane, hier, n'a-t-elle pas fait exprès de plonger la tête dans la boîte aux lettres pile au moment où j'arrivais ?

J'avais décidé de ne parler de notre convocation à personne à part ma mère et Juliette. Pas le courage, et surtout la honte. Mais mon éditrice me téléphone et je craque. Ton *Loup* a la peau dure, tu sais, m'annonce-t-elle, réjouie. Pendant le premier confinement, on avait pas mal ri au téléphone. Je faisais des blagues sur les deuxièmes romans maudits et Aude avait la gentillesse de ne pas les trouver nulles. On avait tout envisagé pour ce livre, même qu'on me prenne pour une raciste, ce qui m'avait minée. Mais s'il y a bien une chose à laquelle on n'avait pas pensé, c'est que les librairies fermeraient quatre jours après sa parution. Peut-être Aude s'étonne-t-elle que la bonne nouvelle n'ait pas l'air de m'enchanter. Mais toi, ça va ? s'inquiète-t-elle. Je m'entends lâcher un *Pas trop* de Caliméro. Je dis que la malédiction continue, qu'il y a vraiment un loup quelque part, que ce livre porte la poisse, la guigne, appelle ça comme tu veux. Je lui raconte tout et elle n'en revient pas. Elle m'a aidée pas à pas à construire l'histoire de cette femme qui déraille lorsqu'elle découvre que son fils est noir, et que du coup elle l'est aussi, aussi blanche semble-t-elle, l'a accompagnée avec moi au plus loin dans sa détresse. Sans jamais me traiter de folle. Ni quand j'ai entrepris de lui faire voir son bébé comme un cafard pour filer la métaphore avec *La Métamorphose* de Kafka, ni même quand j'ai eu l'idée de lui faire maquiller ce pauvre petit et de le couvrir de la tête aux pieds une fois que sa peau se met à foncer. Aude n'a jamais pensé que j'étais dingue. À la sortie du livre, elle s'était amusée qu'un lecteur me demande comment je pouvais écrire des horreurs pareilles la nuit et sans transition m'occuper tranquillement de mes enfants, leur préparer leurs tartines le matin, comme si de rien n'était. Puis lorsque Macron avait enfin annoncé que les librairies étaient aussi essentielles que les magasins de bricolage et qu'elles pouvaient par conséquent rouvrir après des mois de fermeture, Aude avait rédigé une lettre aux libraires pour soutenir ce *Loup* touché par le Covid. Une note d'intention où figurait cette phrase qui m'avait heurtée : « Amélie Cordonnier est une femme lumineuse qui abrite une autrice très sombre. » T'es choquée, alors que ça dit juste que t'es chelou, s'était moqué Gabriel.

J'avais confié à Aude que la formule m'avait bousculée mais qu'il me fallait bien admettre qu'elle était vraie, et nous en avions ri. Aujourd'hui, je n'entends pas Aude rire dans le téléphone. Qu'on me soupçonne d'être une mère qui maltraite ses enfants, non, franchement, il n'y a rien de drôle à ça. Pas possible Pas croyable Complètement délirant. Ne t'inquiète pas, tu n'as rien à te reprocher, ça va s'arranger, me rassure-t-elle en raccrochant. Il ne s'est pas passé une heure quand elle me rappelle : elle s'est permis de passer un coup de fil à Laure H., parce que quand même c'est grave. Laure H. est avocate, je t'envoie ses coordonnées, c'est la meilleure pénaliste de Paris, alors appelle-la, histoire de mettre toutes les chances de votre côté. Je remercie Aude et raccroche. Ses mots cognent dans ma tête. L'expression qu'elle a utilisée me tétanise. S'il vaut mieux mettre toutes les chances de notre côté, cela signifie qu'il y a un risque. Voire un danger. Mais de quel risque et de quel danger parle-t-on ? Celui de perdre mes enfants ? Je dis *mes* comme si je les avais faits toute seule, comme si Alexandre n'était pas concerné lui aussi par le courrier. Je dis *mes*, parce que c'est mon nom qui figure sur la lettre, pas le sien. Parce que je me sens visée. Personnellement. J'ai le sentiment que c'est moi que l'on cherche à punir, à blâmer, que c'est moi la vilaine, la fautive, la coupable. Que va-t-il arriver si on me les prend ?

À qui les donnera-t-on ? Me revient un chiffre lu dans *Le Monde*, qui m'avait glacée : 350 000. C'est le nombre d'enfants concernés par une mesure de protection de l'enfance. 350 000 ! Je ne me rendais pas bien compte de ce que cela représentait. Alors sur Google j'avais tapé *ville de 350 000 habitants* et découvert grâce au site de l'Insee que Nice en comptait 345 528 en 2019. La lumière crue du Midi m'avait dessillée. Il suffit d'imaginer un instant que la ville de Nice soit exclusivement peuplée d'enfants et que tous nécessitent une mesure de protection. Mais cela ne suffirait pas encore. 350 000 – 345 528 = 4 472. Il faudrait encore ajouter 4 472 enfants pour que le compte soit bon. 4 472 enfants malheureux, qui pleurent, ont peur. Que faire d'eux ? Il existe une solution : le *tiers de confiance*. Cette expression qui figurait dans le papier du *Monde* m'avait interpellée. Je connaissais le tiers état, le tiers-monde, le tiers payant, le tiers provisionnel et même le tiers porteur, mais n'avais encore jamais rencontré de tiers de confiance. L'article expliquait qu'il s'agit d'une personne chez qui on place l'enfant pour lui éviter d'atterrir dans une institution. Une personne proche, disponible, pas trop débordée par son boulot, je suppose. Pour nous, le mieux ce serait ma mère. Très clairement. Les enfants l'adorent. Et bien sûr mon père accepterait. Oui mais il faudrait qu'ils déménagent pour venir à Paris, quittent leur belle maison ensoleillée et leur Sud chéri. Ou alors faire l'inverse : installer les enfants chez eux, les changer d'école et tout recommencer. Mais les juges s'y opposeraient sans doute. Selon *Le Monde*, placer l'enfant chez un tiers de confiance fonctionne rarement. Dans 7 % des cas seulement. Lou et Gabriel iront donc dans une famille d'accueil… Et il leur arrivera malheur. Ou peut-être pas. Peut-être qu'une femme prendra soin d'eux à ma place. Peut-être même mieux que moi. Et peut-être que le temps passant les enfants m'oublieront et se mettront à l'appeler maman, comme dans *La Vraie Famille*, le terrible et merveilleux film de Fabien Gorgeart avec Mélanie Thierry. Non, non, mais ça ne va pas la tête ! Voilà que je m'imagine des choses inconcevables il y a une heure encore. Le téléphone me sauve. C'est Laure H. Je lui raconte la lettre, la conversation avec Mme Trajic puis le rendez-vous. Je réussis à ne pas m'embrouiller, mais ma voix se brise quand je précise la date de la rencontre. Demain. La rencontre a lieu demain. Laure me rassure : si le rendez-vous a été fixé à la Protection de l'enfance, c'est bon signe. Cela signifie que le juge reste en dehors de tout ça. Ce n'est sûrement qu'une simple formalité. Les assistantes sociales sont obligées de vous recevoir puisque vous avez été signalés. Laure H. me félicite d'avoir réagi naturellement en reconnaissant l'utilité du 119 et d'avoir admis avec franchise que le confinement avait été difficile, car il l'a été pour toutes les familles, vous savez, pour celle de Mme Trajic sans doute aussi. Elle ne me demande pas qui a pu nous dénoncer, elle me demande pourquoi. Mais je ne comprends pas sa question. Je n'entends que celle qui n'en finit pas de tourner dans ma tête et, tête baissée, y réponds. Je fonce, m'enfonce dans mes soupçons, perds pied, me noie dans des théories complotistes. J'expose mes élucubrations sur les voisins et ma colère mal éteinte se rallume, m'éloigne du sujet. Moi qui voulais jouer la carte de la concision, c'est raté. Je balance tout en vrac : la vie nocturne de Morgane, incompatibles avec nos petits déj' matinaux, les billes interdites de Lou qui ricochent sur le plancher, ses colères, ses crises de larmes, le rap de Gabriel qui irrite Michel Normand et le plafond des Berchon que l'on fait soi-disant trembler. Je me déverse, mélange tout jusqu'à former un infâme gloubi-boulga. Laure fait mine de l'avaler mais lorsque j'incrimine les foutus murs en papier à cigarette de notre vieil immeuble, elle m'arrête. Ça va, j'ai compris, m'interrompt-elle tout net avant d'articuler un Écoutez-moi bien qui me foudroie. Tout ce que vous venez de me dire, Amélie, il ne faudra surtout pas le leur répéter. La fermeté de sa voix m'impressionne. Ce n'est plus un conseil qu'elle me donne là, c'est un ordre. L'ordre d'une avocate qui alerte sa cliente, ne la laisse plus en placer une parce que ça urge et qu'il ne faut pas déconner. Pas question de raconter tout ça demain. C'est toujours la faute d'Ikea, si vous voyez ce que je veux dire. Non, je ne vois pas. Eh bien, les parents interrogés pour maltraitance accusent toujours la chaise de manquer de solidité. Vous comprenez ? Oui, maintenant oui, je comprends. Donc ne parlez pas de la vétusté de votre immeuble mal insonorisé, ni des voisins intolérants au bruit. Parlez de vous, de vous uniquement, et normalement les choses devraient bien se passer. Le conditionnel, l'adverbe qu'elle répète : tout m'écorche dans cette phrase censée me tranquilliser. Et dans la suivante aussi. Ça va aller, ne vous faites pas trop de bile, m'exhorte Maître H., juste avant de raccrocher. *Pas trop*, cela veut dire qu'il y a de quoi s'en faire. Au moins un peu.

Alexandre fait comme si tout allait bien, mais je ne suis pas dupe. La nuit j'entends ses dents lui échapper, s'émanciper, se desserrer enfin et grincer grincer. Ce soir, je sais qu'il est à cran. À cause de la conversation avec l'avocate que je lui ai racontée dès qu'il est rentré. Il y a de l'électricité dans l'air. Alors je louvoie pour éviter la décharge. Je l'invite à nous servir un verre de vin pendant que je termine de préparer le dîner et propose aux enfants le Coca que j'ai exceptionnellement acheté pour faire fête, faire comme si, moi aussi. Comme si j'étais détendue, même pas inquiète pour l'entrevue de demain. Et puis on passe à table et Lou fait du Lou. Elle renverse son verre plein à ras bord puis celui d'Alexandre en tentant de le rattraper. Il y en a partout et bien sûr la litanie de pardons, toutes les excuses dans lesquelles Lou se confond n'empêchent pas soda et vin rouge de se répandre sur la veste et le pantalon d'Alexandre, tout juste sortis du pressing. Et lui qui comptait justement mettre demain son élégant costume de bon père de famille bien propre sur lui pour impressionner les assistantes sociales… Furieux, Alexandre repousse sa chaise et se précipite dans la cuisine pour essayer de nettoyer tout ça. Frotte, frotte, frotte ! En vain. Impossible de récupérer les taches incrustées dans l'étoffe. Ce Coca zéro mêlé au bordeaux, c'est la goutte qui fait déborder le vase. Alexandre déverse toute la tension accumulée depuis trois semaines, asperge la petite d'une giclée de mots sales, la traite de tous les noms, de maladroite, d'incapable et même de pauvre idiote, tu l'as fait exprès ou quoi ? Puis il s'en prend à moi qui lui ordonne de se calmer et à Gabriel venu en renfort avant de quitter la table et de claquer la porte de sa chambre. Malgré tout ce fracas, Lou ne moufte pas. Ne bouge ni d'un pouce ni d'une oreille. Ne pleure pas, ne cille même pas. Bien droite sur sa chaise, elle observe ses mains, sagement croisées sur ses genoux durant toute la scène de son père, attend qu'il se taise, ce qui prend un certain temps, et quand il cesse enfin de vomir ces horreurs qui sortent de je ne sais où, quand enfin il la ferme une bonne fois pour toutes, alors elle relève la tête, le regarde droit dans les yeux, le fixe durant quelques secondes qui me paraissent interminables puis, sur un ton grave, glacial même, que je ne lui ai jamais entendu prendre, dit quelque chose d'incompréhensible. On ne capte pas. Ses mots, pourtant simples, ne montent pas jusqu'à nos cerveaux. Alors Lou les répète, calmement. Mais comme ils ne nous éclairent guère plus, elle finit par en ajouter un nouveau : *demain*. *Demain* emboutit *dire* qui emboutit *dame* et nous heurte de plein fouet, carambolage, ça y est, enfin on percute.

Demain je vais le dire à la dame demain je vais le dire à la dame demain je vais le dire à la dame. La phrase de Lou ricoche plusieurs fois entre nous puis tombe sur le plancher et rebondit encore longtemps après qu'elle est partie se coucher. Je finis de débarrasser tandis qu'Alexandre allume une clope dans l'espoir d'éteindre sa colère. Il n'y a personne derrière mes gestes. Pilotage automatique. Rincer les plats, ouvrir le lave-vaisselle, assiettes en bas, verres en haut, couverts dans le panier, pastille dans le compartiment, touche éco, fermer la porte, voyant rouge, OK. Je nettoie le plan de travail en pensant qu'il va surtout falloir passer l'éponge sur ce qui vient de se passer. Alexandre décide d'aller parler à Lou, que j'imagine recroquevillée sous sa couette. J'attends, j'attends. Je ne sais pas quoi, mais j'attends. Et puis je les rejoins. Alexandre a jeté son dévolu, son embarras et tous ses regrets sur le fauteuil à bascule où nous donnions le biberon à la petite, la nuit, il n'y a pas si longtemps que ça. Lorsque je m'arrête sur le seuil, il me sourit. C'est un sourire de petit garçon perdu, navré. Un sourire mordu par le remords, qui demande Tu m'aimes encore ? et m'autorise à entrer. Je m'assois près de Lou, au bord de son lit de petite fille poussée trop vite, en essayant de me faire la plus légère possible tout en sachant pourtant très bien que les mots que je m'apprête à prononcer pèsent des tonnes et vont sans doute broyer son cœur autant que le mien, déjà en miettes. Alors je tente d'amortir leur chute avec un tapis de phrases simples, que j'agence le plus honnêtement possible. Je mets toute mon âme, ma pauvre âme de mère affligée et honteuse pour m'adresser à la petite personne sensée et sensible planquée sous l'oreiller. Je lui parle comme je peux. Du fond de ma navrance. Malgré ma peur, ma peur immense. Je lui parle de certains parents qui font du mal à leurs enfants, du 119 qui permet dans ces cas-là aux enfants d'appeler au secours, de demander de l'aide à des adultes dont le travail consiste à les protéger, je parle des assistantes sociales qui les écoutent, leur posent des questions pour bien comprendre la situation et puis qui prennent des décisions pour les mettre à l'abri et vont parfois jusqu'à retirer la garde à leurs parents afin de les placer dans d'autres familles qui les accueillent et prennent soin d'eux. J'ai l'impression de dire la vérité à ma fille. De ne pas trop tricher en tout cas. Et puis surtout je tiens le coup. Je ne craque pas, même quand sa jolie bouille brouillée m'explique qu'elle nous aime, n'a aucune envie de nous quitter, aucune envie de changer de famille, mais... Papa m'a fait de la peine, maman, tu sais. Je dis Je sais, moi aussi. Puis je me tais. Parce qu'il n'y a plus rien à dire à ce moment-là. Plus rien à faire à part laisser les mots retomber, respirer, et les chagrins prendre l'air, s'égoutter. Le grincement du rocking-chair creuse le silence. Les pieds d'Alexandre décollent du sol et reviennent se poser doucement sur le plancher. Il a les yeux clos, les bras fermés eux aussi, serrés contre son buste. Se balancer, c'est sa façon de continuer à bercer Lou par-delà les années, sa façon de la bercer à distance. À moins que ce ne soit ses propres chagrins qu'il tente de consoler. Je ne l'ai jamais vu si piteux. Bizarrement, il y a quelque chose de douloureux et de réconfortant à la fois dans l'égrainement muet de ces minutes qui ne durent sans doute que quelques secondes. Alexandre rouvre les yeux, se lève, s'agenouille au pied du lit de Lou, lui tend la main sans pourtant chercher à la toucher, et puis bras en l'air, tête à l'envers et cœur en vrac, lui demande pardon. Pardon, pardon ma biche, pardon, plus bas que terre, pardonne-moi, évidemment je ne pensais pas ce que j'ai dit, pardon, pardon... Ce ne sont pas de maigres excuses.

Au contraire. Replètes, parfaites, elles ont du poids, pèsent sur les paupières de Lou et font couler sur ses joues les larmes qu'elle a retenues tant bien que mal toute la soirée. Elles l'allègent, la libèrent d'une plainte assourdie par l'épuisement. Des spasmes soulèvent sa poitrine et font trembler ses bras qu'elle jette en collier autour de mon cou. Je la serre fort, très fort, caresse son dos secoué de sanglots impossibles à tarir, la garde longtemps contre moi, oh oui, longtemps, très longtemps, et puis ma main passe sous le coton de son pyjama. Paume à peau, effet immédiat. La consolation et la tendresse doivent inoculer instantanément parce qu'elle se calme d'un coup. J'attends de ne plus sentir ses larmes mouiller mon cou pour relâcher mon étreinte. Lou se dégage, m'embrasse et pose sur la joue de son père un baiser ému qu'il lui rend en double. Puis histoire d'entériner une bonne fois pour toutes le sujet, Alexandre prononce cette phrase qui me soulage autant qu'elle m'affole : Lou, tu diras ce que tu voudras à la dame, demain. Exactement ce que tu voudras.

J'ai senti son désir depuis l'autre bout du lit. Avant même qu'il ne s'approche. Et sa main sur mon sein bien avant qu'il ne se colle contre moi, sexe dressé. Une main décidée, mais immobile, aux aguets. Une main lourde, moite, qui écrase, renverserait tout sur son passage. Je ne l'ai pas repoussée tout de suite, car j'ai été surprise par ce décalage : sa main, puis son corps, sa main avant son corps, loin. Il m'a attrapée du bout des doigts. In extremis. Comme on s'accroche à une bouée. L'une d'elles, en plastique rouge, s'est dessinée dans ma tête. J'ai vu sa rustine et j'ai pensé qu'il ne fallait surtout pas que je me dégonfle. J'ai dit Désolée, pas ce soir. Il y a eu un soupir dans le noir. Une enclume de dépit s'est abattue sur le matelas et j'ai mis quelques secondes à réaliser que je venais de prononcer le titre que j'avais trouvé, la veille, pour mon troisième roman. Est-ce que la fiction peut à ce point contaminer la vraie vie ? Je me suis demandé comment le désir pouvait se frayer un chemin en lui quand l'angoisse prenait toute la place en moi. Oui, comment peut-il avoir envie de s'envoyer en l'air après une soirée pareille ? Moi, l'air me manque. Panique. Infernale. Que rien ne réussit à berner, ni les bras chastes d'Alexandre maintenant endormi, ni les deux barrettes entières de Lexomil que j'avale au lieu de les laisser fondre. N'aurait-il pas fallu prévenir Lou, la mettre en garde, lui expliquer plus clairement que tout ce qu'elle dira sera noté, noir sur blanc, que tout ce qu'elle dira, demain, à la dame sera retenu. Retenu contre nous. Est-ce que cette précision terrible, il n'aurait pas fallu la faire tout à l'heure ? Lou a-t-elle vraiment compris ce qu'on lui a dit ? Et a-t-elle aussi compris tout ce qu'on n'a pas osé lui dire ? N'aurait-il pas mieux valu la briefer ? Mais briefer sa fille, ça voudrait dire quoi, au juste ? Ça reviendrait à l'empêcher de s'exprimer librement, à la censurer. À la museler comme un chien. Non, pas possible. Alexandre a raison : Lou dira exactement ce qu'elle voudra à Mme Trajic et Mme Brune. Elle leur dira la vérité. Parce que je lui ai appris à ne pas mentir. Jamais. Elle répondra sans tricher aux questions qu'elles lui poseront. Avec cette franchise qui a toujours fait ma fierté. Mais son naturel ne les désarmera pas. Elles nous attaqueront, et le pire c'est qu'au fond je ne suis pas certaine de ne rien avoir à me reprocher. Quand les assistantes sociales lui demanderont si ses parents sont gentils, Lou répondra oui, du tac au tac, sans hésiter. C'est après que ça se corsera. Dans ma tête s'échafaude un effrayant dialogue imaginaire. Est-ce que ta maman s'énerve parfois ? Oui. À cause des devoirs, ajoutera Lou, parce qu'elle aura l'impression de me trahir. Souvent ? Mais c'est à cause de la dictée et des soucis à son travail. Et qu'est-ce qu'elle fait, maman, quand elle s'énerve, elle crie ? Oui. Mais après elle est tellement désolée qu'elle s'excuse et parfois même elle pleure. Et papa ? Papa aussi il crie parfois ? Oui. Et est-ce qu'il arrive que ton papa ou ta maman vous tape, ton frère et toi ? Lou répondra moins vite à cette question-là et le temps qu'elle prendra trahira son embarras. Elle hésitera mais finira sans doute par raconter la gifle que j'ai mise à Gabriel, l'autre jour, et dont il a gardé la trace jusqu'au soir, parce qu'il m'avait insultée, traitée de connasse quand je lui avais confisqué son portable suite à un avertissement du collège. Un sourire victorieux illuminera le visage de Mmes Trajic et Brune qui n'en espéraient pas tant. Alors il y aura juste une dernière question, après on ne t'ennuie plus, ma puce : est-ce que ta maman boit de l'alcool, le soir ? Oui. Du vin blanc, précisera peut-être Lou qui connaît mes goûts, m'offre du champagne dans de petites coupes en plastique depuis qu'elle joue à la dînette, sans même plus avoir besoin de me demander Qu'est-ce que je vous sers, madame ?, et qui, un été, alors qu'elle me racontait l'histoire du *Petit Chaperon rouge*, avait malicieusement glissé du rosé dans son panier, entre la galette et le petit pot de beurre. Lou taira probablement que je ne laisse souvent qu'un fond dans la bouteille, mais de toute façon les bonnes femmes de la Protection de l'enfance en auront bien assez comme ça, ce sera plié.

De la matinée qui a précédé notre rendez-vous, il ne me reste rien. Mémoire blanche. Comme la nuit criblée d'angoisses que j'ai passée, la veille. Je ne me rappelle pas comment nous nous sommes rendus à la Protection de l'enfance. Gabriel, que j'interroge à ce sujet au moment d'écrire ces lignes, m'assure qu'il avait pris sa trottinette et moi mon vélo, et qu'à chaque feu rouge nous retrouvions Alexandre parti en scooter avec Lou. Trois moyens de locomotion différents, un jour pareil, en plus, cela me paraît aberrant. Je sais que le métro n'était pas pratique, mais je m'étonne d'avoir laissé Alexandre organiser les choses ainsi, de ne pas avoir insisté pour prendre la voiture. J'ai dû me laisser gagner par sa crainte de ne pas réussir à la garer. Je ne me vois pas non plus arriver rue Falguière et encore moins accrocher mon vélo devant le numéro 25. Pourtant je veux bien croire

Gabriel qui affirme qu'on a partagé le même antivol. Ce que je me rappelle en revanche, avec une précision qui reste douloureuse par-delà les années, c'est la main que Lou a glissée dans la mienne lorsque nous attendions l'ascenseur pour monter au troisième étage comme nous y avait invités le vigile. La force inimaginable que m'a transmise cette menotte m'a portée. Doigts crochetés, j'ai eu moins peur. Je me suis agenouillée pour enlacer cette petite fille haute comme trois pommes. Je l'imaginais aussi effrayée que moi mais je me trompais. Je l'ai compris aux mots qu'elle a murmurés, la main en coquillage contre mon oreille pour s'assurer que personne d'autre ne les entende. Tout bas, de sa voix qui terrasse le dragon pour sauver le prince enfermé dans le donjon, elle m'a dit de ne pas m'inquiéter. Ce n'était pas le T'inquiète mitraillette qu'elle débite avec son frère jusqu'à quinze fois dans la journée. Non, elle a chuchoté un très sérieux Ne t'inquiète pas maman, et la négation inattendue de cet ordre impérieux m'aurait affolée si elle ne l'avait pas enrubannée dans son sourire, sa tendresse muette, sa vaillance et son indéfectible joie de vivre. Tu es la meilleure maman du monde, c'est ça que je vais leur dire, aux dames, a-t-elle ajouté. Il a fallu qu'on se sépare pour rentrer dans l'ascenseur, mais sa phrase ne m'a pas lâchée. Elle m'a tenue tout le temps de ce rendez-vous qui, je l'ai bien cru, ne finirait jamais.

Alexandre, lui, ce qui l'a marqué au fer rouge, c'est l'arrivée de Mme Trajic et Mme Brune dans la salle d'attente où nous avons pris place après avoir décliné notre nom. Nous savions qu'elles n'allaient pas tarder, cela faisait des jours que nous nous préparions à cette rencontre, et pourtant, pour Alexandre, ce fut comme une apparition. Elles ont surgi sans bruit. Ensemble, en même temps, d'un même pas. Comme un seul homme. Alexandre ne distingue plus rien que cette hydre à deux têtes dans l'éblouissement que lui envoient ses yeux. Pleins phares, j'ai cette impression, moi aussi, hypnotisée déjà. Comme dans *Le Livre de la jungle* que tu connais par cœur, ma Lou. Quand Kaa plonge son regard dans celui de Mowglie, ses pupilles prennent instantanément la couleur de celles du méchant serpent ; mille cercles jaunes violets verts se succèdent à une vitesse folle, violet vert jaune, jaune vert violet, et ce vertigineux défilé chromatique ne cesse qu'une fois que le garçon tombe dans un profond sommeil, bercé par cette chanson que Mmes Trajic et Brune fredonnent dans leur tête, elles aussi, j'en suis sûre parce que je l'entends résonner dans la mienne : Aie confiance, crois en moi afin que je puisse veiller sur toi, Souris et sois complice, Laisse tes sens glisser.

C'est à ce moment-là que je perds mes esprits, que je commence à ne plus m'appartenir. L'une des assistantes sociales, que j'imagine à raison être Mme Trajic, nous salue avant de lancer Veuillez nous suivre. Cette phrase de flic. Je me souviens m'être demandé si elle jouerait le rôle du bon ou du mauvais. Alexandre ouvre la voie. Je me décale sur le côté, laisse passer les enfants et les regarde. Ce que je vois en premier, ce n'est pas la pâleur de Mme Trajic, ses yeux d'aigle, ses griffes acérées vernies de rouge qu'elle doit rêver de nous planter dans la cornée, ce n'est pas son ventre moulé dans un pull que je peux sentir piquer à distance et sous lequel se devine un soutif qui lui cisaille les seins. Ce n'est pas non plus la maigreur de Mme Brune, les saillances sous ses vêtements trop larges, ses cernes et la finesse de son nez. Non, ce qui me saisit, c'est la drôlerie de leur duo façon Laurel et Hardy, c'est toi le gros et moi le petit. Leur couple m'a paru si parfaitement désassorti que pour un peu je me serais crue dans un film. Sur les murs de leur bureau s'étalaient en lettres capitales les mots de la honte et du sang NULLE BONNE À RIEN MINEURS EN DANGER CRAQUE FRAPPE INSULTES COUPS MENACES. J'étais en train de me demander laquelle des deux avait bien pu épingler ces affiches et m'apprêtais à parier sur Mme Brune quand Alexandre a posé sa main sur mon bras : Amélie a écrit sur la violence conjugale, figurez-vous ! Est-ce parce que ces posters l'impressionnaient, ou est-ce pour les amadouer, qu'il a décrété ça, à peine les présentations faites, à peine installé sur son fauteuil en plastique blanc ? Aucune idée. Lorsqu'on en a reparlé, bien plus tard, lorsqu'on s'est refait le film depuis le début pour essayer d'y voir plus clair, il m'a confié lui-même ne pas savoir. Mme Brune faisant mine de s'intéresser, Ah bon ?, Alexandre juge nécessaire de préciser : Oui, dans *Trancher*, son premier roman. Ma sidération ne fait pas trembler sa voix. Mais qu'est-ce qu'il lui prend ? Sortir ça, comme ça, d'entrée de jeu. Comme si cette information pouvait nous disculper. Palpitations incontrôlables. Bon, on va commencer, si vous le voulez bien, annonce Mme Trajic, histoire de rappeler que c'est elle la cheffe, elle qui décide des sujets de conversation, et personne d'autre. Vous savez pourquoi vous êtes là ? nous interroge-t-elle. Comme j'acquiesce, elle baisse la voix pour me demander dans un murmure à peine audible si les enfants en connaissent également la raison. C'est con, mais qu'elle chuchote ainsi, qu'elle fasse comme si les petits ne pouvaient pas nous entendre, alors qu'ils se trouvent juste à côté de nous, assis au ras du sol, sur ces ridicules chaises en bois blond de Bébé ours, qui obligent Gabriel à se recroqueviller, les jambes en tire-bouchon, et où même Lou a du mal à faire tenir ses deux mini-fesses, ça me rend folle. Donc on te convoque à la Protection de l'enfance avec tes gosses, tu n'en dors pas pendant des nuits, tu te demandes durant des jours comment tu vas leur expliquer tout ça, ça traumatise tout le monde et, le jour J, une bonne femme prend son air hautain pour te parler tout bas devant les gamins, comme si c'était un secret que seuls les grands peuvent partager. Non, là, navrée, je ne comprends pas. J'essaie de me contenir, mais la colère que je n'ai pas vue venir me double. Et voilà que je m'énerve alors que je m'étais juré de rester calme. Bonnet d'âne, c'est tout ce que je mérite. Ça sort malgré moi : Vous pouvez parler normalement, vous savez, les enfants vous entendent. Mme Trajic se braque. Direct. Et monte sur ses grands chevaux. Au galop ! Inutile de hausser le ton, madame Cordonnier. Nous sommes là pour mener l'enquête suite à l'appel que nous avons reçu et nous assurer que tout va bien. Bien sûr, répond Alexandre pour calmer le jeu. Alors comment s'est passé ce confinement ? s'enquiert Mme Trajic tandis que Mme Brune, apparemment missionnée pour retranscrire notre échange, ouvre déjà son carnet. Comme convenu entre nous, Alexandre prend la parole en premier. Ça n'a pas été facile, admet-il, mais on a surmonté tout ça. Sa réponse ne suffit pas. Pas facile, c'est le moins qu'on puisse dire, non ? revient à la charge Mme Trajic. On nous a dit avoir entendu chez vous des pleurs et des cris. C'est vrai, reconnaît Alexandre. Les enfants se sont pas mal disputés, surtout à l'heure du déjeuner, Amélie devait toujours gendarmer. Un képi m'apparaît, sifflet en bouche au carrefour. Je trouve l'expression fort mal choisie. Pas Mme Trajic, qui s'en délecte. Et vous, vous ne gendarmiez pas, monsieur ? demande-t-elle à Alexandre. Si, mais je dois admettre que c'est mon épouse qui a tout géré durant cette période. Il m'appelle *mon épouse*, maintenant. Alors qu'il sait que ce mot m'insupporte autant que l'adjectif possessif qui l'accompagne. Cela doit faire partie de la stratégie de glorification qu'il a échafaudée. En effet, voilà qu'il se met à m'encenser. Il a beau m'avoir prévenue, cela me met mal à l'aise. La gênance ! doit penser Gabriel. J'ai l'impression d'entendre un marchand de tapis, un vendeur de chez Darty, un maquignon qui flatte le cul de sa vache. Les repas, l'école, les activités, le ménage, Amélie a tout fait pendant le confinement, avec beaucoup de patience et de courage. Mme Brune nous dévisage tandis que son stylo court sur la page. Alexandre détaille longuement notre quotidien jusqu'à ce que Mme Trajic le coupe. Merci monsieur, j'aimerais maintenant entendre les enfants. Alors Gabriel, raconte-moi, comment les choses se sont-elles passées pour toi pendant le confinement ? Gabriel dit que c'était dur. Dur de ne pas voir les copains, dur de crouler sous le boulot, dur d'enchaîner les cours en visio puis les devoirs, dur de ne jamais sortir de sa chambre, dur de ne plus pouvoir aller au foot. Dur, quoi. Il voit bien qu'il se répète, et s'en excuse, désolé. Il admet s'être énervé à plusieurs reprises et avoir même carrément pété un plomb, un soir… Il ne précise pas que c'était sous la douche et qu'il s'est ouvert le crâne. Je suis la seule à le savoir puisque je suis entrée dans la salle de bains, alors que je ne le fais jamais, par respect pour son intimité, entrée sans même que cette question me traverse l'esprit, entrée à cause de ses hurlements de bête blessée, parce que je n'y tenais plus, que je me faisais un sang d'encre. Je suis la seule de ce bureau à revoir ses cheveux blonds devenir tout marron à cause de l'eau qui coulait sur sa tête et sa tête blonde devenue marron cogner cogner contre le carrelage blanc jusqu'à ce que je finisse par l'enlacer de force, le ceinturer sans me soucier de sa nudité et encore moins de l'eau qui ruisselait sur mon visage, imbibait mes fringues, pull, jean et chaussettes trempés, qu'est-ce que cela pouvait bien me foutre, je n'avais qu'une idée, l'éloigner du mur, faire en sorte que sa tête arrête de cogner, cogner, tandis qu'il gueulait Dégage, maman ! Dégage ! Gabriel raconte que ce soir-là, il s'est emporté, ne savait plus ce qu'il disait. J'ai hurlé que je voulais changer de parents et même… Sa voix s'enraie. Et même quoi ? l'encourage Mme Trajic, doucereuse soudain. Stylo en bouche, bouche en cœur et bave aux lèvres, Mme Brune attend la suite de la phrase qui se fait désirer, savoure cette pause inespérée, en profite pour peaufiner son ouvrage, ajouter un point ici, un accent là. Gabriel nous regarde, piteux… Ses yeux s'embuent lorsqu'il finit par cracher les mots qu'il regrette d'avoir prononcés et qui nous achèvent une seconde fois : J'ai crié que je voulais changer de parents, que j'allais les buter, les tuer, traduit-il après quelques secondes au cas où ces dames n'auraient pas compris. Une grosse larme roule sur sa joue quand ces verbes tombent entre nous. Et c'est moi, à cet instant-là, qui tuerais père et mère pour prendre mon grand fils dans mes bras, le serrer fort très fort contre moi et le bercer tout doucement comme autrefois. Gabriel dit qu'il s'en veut à mort. Mme Brune souligne cette expression qui la réjouit. Si elle voulait du sensationnel, la voilà servie. Mme Trajic rassure Gabriel d'un Inutile de culpabiliser, mon grand, puis s'adresse à Lou sans transition. Et toi ma belle, tu es en quelle classe ? Lou explique qu'elle est en CP-2, dans la même école que son frère. Et si je préfère taire ici son nom pour d'évidentes raisons de confidentialité, Mme Trajic, elle, le répète, s'y arrête Ah, oui, dans le 6e arrondissement, pas très loin d'ici, d'ailleurs. Puis elle ajoute un Je vois, qui ne m'éclaire pas. Pour ma part je ne vois pas du tout où elle veut en venir jusqu'à ce qu'elle déclare C'est un excellent établissement, très exigeant. Privé, n'est-ce pas ? Quand tu dis qu'il y a beaucoup de devoirs, Gabriel, il y a surtout beaucoup de pression, j'imagine… Beaucoup de copains aussi, tente Lou. En vain. Mme Trajic n'écoute plus rien. Manches et babines retroussées, elle compte mentalement jusqu'à trois 1 2 3, prend une grande inspiration, puis réussit à nous faire entrer dans la case Blancs, la case Bourges, la case Blindés, la case Cathos et tout ce qui va avec, les curés, la bénédiction des cartables, la sacristie, la messe et l'hostie une fois par semaine, et puis la case Manif pour tous sur laquelle flottent des drapeaux roses. Nous sommes bien à l'étroit dans cette case qu'elle abhorre, que je déteste moi aussi, et qui nous dessert, je le remarque immédiatement. Pas Alexandre. Cette école est très bienveillante, lâche-t-il fièrement. Non mais je rêve, il devrait ajouter *résiliente* et *inspirante* pendant qu'il y est. Mme Trajic est aux anges. Au paradis même, avec le Christ et la Vierge Marie entourés de tous les saints. Trajic sourit de plus belle. Alexandre n'a pas l'air de réaliser que c'est un sourire sanguinaire. À moins qu'il joue le jeu ? Oui, il joue, bien sûr qu'il joue. Au mari parfait, au bon père de famille, impeccablement peigné, avec sa petite mèche sur le côté. Il n'a pas plus l'air d'un assassin que le fils de mon voisin. Impossible de discerner le voyou du jour sous sa petite gueule d'amour. Impossible de se douter qu'il lui arrive de s'énerver lui aussi. Impossible d'imaginer qu'il s'est découvert une passion pour le rhum et en siffle trois verres, facile, presque tous les soirs. Il a beau avoir enlevé son FFP2 comme ces dames nous l'ont proposé, son masque reste bien accroché. Pourtant cela ne suffit pas à berner Mme Trajic qui en a vu d'autres, je vous rassure. Maintenant si vous le voulez bien, nous annonce-t-elle en minaudant, je vais vous demander de sortir et de patienter à côté afin que je puisse entendre les enfants séparément.

Alors finalement *séparément* ça ne veut pas dire *successivement*. Ça ne veut pas dire l'un après l'autre, l'un sans l'autre. Ça veut dire eux sans nous mais ensemble. Ça veut dire Lou avec son frère, pas toute seule. Ça ne veut pas dire égalité, mais ça veut tout de même dire deux contre deux, deux fois plus de chance de s'en sortir vivant, de décapiter l'hydre à deux têtes. Ça veut dire plus fort, moins peur. Mme Brune n'a pas refermé la porte du bureau derrière elle. Je la laisse contre, me dit-elle presque sur le même ton que Lou, le soir, lorsqu'elle me demande de laisser le couloir allumé et que, pour la rassurer, je réponds que je suis juste à côté. Peut-être Mme Brune tente-t-elle de me rassurer elle aussi. Peut-être est-ce une façon de me dire de ne pas m'angoisser, que tout va bien se passer. Alexandre s'affale sur la première chaise de la salle d'attente. Pas moi. M'asseoir, ce serait prendre le risque de m'effondrer. Je préfère rester debout, contre le mur au pied duquel je suis déjà de toute façon. En alerte, sur mes gardes. Je ne fais plus la maligne maintenant. Plus jamais. Je sais que nous ne sommes rien. C'est à ce moment-là, au moment de l'interrogatoire des petits, que je l'ai compris. Gabriel et Lou ne sont rien, Alexandre n'est rien, je ne suis rien. Nous ne sommes rien. Ou alors des lilliputiens, des fourmis que ces femmes écraseront si elles en ont envie. Et bien sûr qu'elles en ont envie. Elles en crèvent d'envie même. Moi j'envie l'aplomb d'Alexandre. La confiance qui se dégage de sa posture. Son air fier, épaules en arrière, dos droit, raide comme la justice en laquelle il croit. Que faisons-nous au milieu de ces affreux fauteuils, devant cette table bancale où s'entassent des magazines déchirés et des jouets en bois censés distraire les mômes, comme si l'on pouvait s'amuser dans un endroit pareil, non mais je te jure ! Je le sens bien à cet instant-là, pendant que les enfants sont entendus séparément, je sens bien que notre vie à quatre ne tient qu'à un fil, sacrément effiloché, que nous avons perdu l'équilibre, pauvres funambules. Je le pressens déjà, pourtant je ne sais pas que nous allons tomber. Perdre pied. Et la face aussi. Comment me douter ? J'ai seulement l'étrange impression que tout tremble, du plancher au plafond. Que plus rien n'a de consistance. Ni cette pièce ni les objets qu'elle contient. Et encore moins le temps qui refuse de passer. Je revois les montres molles de Dalí qui avaient enchanté les enfants au musée de Gérone. Pliées en deux et aplaties. Je leur ressemble, à ces montres inutiles. Affaissée, arrêtée, attardée moi aussi. Débile. J'aimerais en fixer une, agripper la grande aiguille ou même la petite, histoire de m'accrocher à quelque chose. Mais il n'y a pas d'horloge à ce mur dont les peintures doivent dater des années 1970. Et si c'était fait exprès pour nous déstabiliser un peu plus encore ? Pour qu'on perde la notion du temps. Comme en prison, au cachot. Non ! Calmons-nous, personne ne nous y a jetés, personne ne m'a demandé de garder le silence comme dans les séries américaines, personne ne m'a prévenue que si je renonce à ce droit, tout ce que je dirai pourra être et sera utilisé contre moi. Personne non plus ne m'a retiré mon portable, que je sache. Je finis en effet par le retrouver au fond de mon sac. 16 h 12. Je regarde l'heure avec la sensation que c'est elle qui me regarde, me dévisage. Jamais je ne l'ai regardée comme ça. 16 h 13. 16 h 14. 16 h 15. Il n'y a rien à voir. Même les chiffres, je ne les vois pas changer. 16 h 19. 16 h 20. 16 h 21. 16 h 22. 16 h 23. Les minutes s'égrainent avec une lenteur insupportable. Alexandre répond à un mail important. Je ne vois pourtant pas ce qu'il pourrait y avoir de plus important que ce qui se passe ici. Pour ma part je suis strictement incapable de faire autre chose qu'attendre. Alors j'attends. J'attends. Je me jette à corps perdu dans cette attente. 16 h 27. 16 h 28. 16 h 29. Si encore j'entendais ce qui se passe à côté. Mais non. Le ronron de la climatisation noie les voix, m'empêche de comprendre quoi que ce soit. C'était bien la peine de ne pas la fermer, cette porte ! Mme Brune savait très bien ce qu'elle faisait en la laissant contre. Contre nous, oui. Cette porte n'ouvrira pas sur la confiance. Et encore moins sur la conciliation. Me voilà trempée de sueur. Sueurs froides. L'air commence à me manquer. 16 h 35. Mais les enfants ne vont donc jamais sortir ! Je m'oblige à cesser de surveiller l'heure. Enfin j'essaie. En vain. 16 h 43. 16 h 44. L'heure ne passe pas plus vite de toute façon quand on ne la regarde pas. 16 h 45. Voilà près de trois quarts d'heure que les petits sont dans ce putain de bureau. Quarante-trois minutes exactement que l'hydre les garde. Garde à vue. Même Alexandre commence à s'impatienter. Je le vois à ses sourcils froncés, au tressaillement de ses cuisses et à ses pieds qui battent la mesure de son agacement, de son désarroi peut-être aussi. Il n'en peut plus, lui non plus, d'attendre le vouloir de ces dames qui n'a rien de bon. Et au fond ça me réconforte. Mais quand vont-elles enfin libérer nos enfants ? Cette mascarade a assez duré. Le temps mort de cette salle m'assassine pour de vrai, tue quelque chose en moi que je n'ai jamais réussi à ressusciter. Ce sentiment d'invincibilité propre aux parents, la certitude de toujours pouvoir protéger mes enfants, quoi qu'il advienne. Envers et contre tout. Contre l'adversité, les méchants, les hyènes, les vautours, les sorcières, contre le chagrin et même le malheur. Et même… Soudain, miracle ! Une tête, dans l'encadrement de la porte. Mme Trajic. Ses yeux… Semblent moins soupçonneux. Vous venez ? C'est une invitation, pas un ordre. C'est bien la première fois que Trajic n'emploie pas le mode impératif. Alors je veux croire que c'est bon signe. Mais non, il ne faut pas, pas de fausse joie, je ne crois plus à rien de toute façon. Mais si, je crois ce que je vois : deux enfants soulagés, presque souriants. Oui, c'est un soupçon de sourire que m'adresse Lou, un sourire éprouvé, épuisé, qui n'a plus la force de se poser au bas de son visage, qui n'exprime pas grand-chose, à peine un ouf. Mais un sourire quand même. Et puis son regard ne trompe pas. Surtout pas moi. Ce regard bleu, suprême clairon plein des strideurs étranges, silences traversés des mondes et des anges, le rayon violet de ses yeux dit T'inquiète, T'inquiète, maman, tout s'est bien passé, ça va aller. Et bien sûr cela me rassure, mais me chagrine et me chahute aussi. Jamais je ne pardonnerai au traître qui a décroché son téléphone pour nous dénoncer, parce que ce n'est pas normal, ce n'est pas du tout dans l'ordre des choses qu'une petite fille rassure sa mère, voyez-vous. Ça ne tourne pas rond. C'est le monde à l'envers. Depuis la nuit des temps, depuis les cavernes, les silex et les premiers feux de camp, ce sont les parents qui rassurent leurs enfants. Et pas l'inverse. L'inverse, ce n'est pas possible. C'est à moi, sa mère, de réconforter Lou. Alors je m'assois, à la même place qu'il y a trois quarts d'heure, et lui rends son sourire, le lui rends au centuple, milletuple, l'étire, tire tire jusqu'au ciel, où je rêve qu'on s'envole. Oh oui, partons, emporte-nous, wagon ! enlève-nous, frégate ! Je voudrais prendre la main de Lou et de Gabriel qui a l'air si malheureux, et d'Alexandre aussi, j'ai assez de doigts pour trois. Je voudrais partir. Allons-nous-en, il est temps ! levons l'ancre ! Ciao, mesdames. Je vois bien que Lou a eu chaud ou peur ou les deux, je le vois à ses petits cheveux qu'elle a dû sortir de sa queue-de-cheval parce que ça lui tirait, ses petits cheveux collés à sa nuque, qui dans ces cas-là exhalent des effluves de bébé disparus depuis longtemps, mais dont je parviens à retrouver un vestige, pourvu que je fasse un effort, pourvu que je me concentre un peu. Cul collé à mon siège en plastique j'écoute, je souris. Je dirais Amen que ce serait pareil. J'ai sept ans moi aussi. Même

Gabriel a sept ans. Il a perdu ses ouais, Oui madame, en salve, et pour un peu je m'en réjouirais. Il leur donne ce qu'elles veulent, mon petit garçon poussé trop vite lui aussi, mon grand gaillard. Il leur donne le change. Alors je fais comme lui, semblant, je leur rends la monnaie de leur pièce. Suivre l'exemple de son fils, ça non plus, ce n'est pas normal. Je reproduis ses gestes, mime chacune de ses mimiques, plisse le nez, ronge l'ongle de mon pouce. Copié collé, décalque parfait. Je courbe l'échine, opine du chef puisque ce sont elles, les cheffes, je baisse la tête, baisse les yeux, fixe mes pompes à côté desquelles je suis, laisse passer quelques minutes et puis je tends la main, mendie. Paume bien ouverte. Clocharde maintenant ? Oui, mais qu'importe puisque tout cloche. Et puis de toute façon la fin justifie les moyens, non ? Je demande l'aumône, quémande le droit de repartir avec mes petits sous le bras et j'assume. M'en fous de faire la manche. Je fais comme Mme Sousseau m'a appris au club théâtre. Je singe le respect entier et constant que ces bonnes femmes exigent de nous pour avoir le droit de vivre sur leur putain de planète. Je n'imite pas le ouistiti tout mignon tout gentil, oh non, je suis un Koba sanguinaire, armé jusqu'aux dents, prêt à leur sauter à la gorge, à les décapiter à coups de machette. Plus rien n'est sage en moi, ni la petite fille ni les images, pourtant malgré mes envies de meurtre je reste immobile. Je bous, mais éteins toute étincelle dans ma pupille. En prime il leur faut le silence. Le silence grâce auquel elles vérifient leur pouvoir, le silence qui prouve qu'elles ont réussi à nous faire taire. À nous la fermer, notre gueule de parents fiers, qui se croient tout permis, à l'abri, peinards. Alors je la boucle. Fin de l'entracte, reprise du spectacle. Assise au premier rang, médusée, j'assiste à leur pathétique numéro d'assistantes sociales. Elles sont impeccables dans leur rôle, jouent à merveille les patrons, les caïds, les Zorro. Je les regarde rouler des mécaniques, bander les muscles qu'elles n'ont pas, les écoute se donner fièrement la réplique, tout entière tendue vers ce verdict qui tombe enfin : *Les enfants vont bien.* Quatre mots. La libération en quatre mots. Nous voilà sauvés. Lavés de tout soupçon. Elles ne se font plus de souci, mais quand même, nous ne sommes pas venus pour rien. Il faut rendre hommage au 119 qui remplit sa mission, clame Mme Trajic. Oh oui, je veux bien rendre tous les hommages qu'on veut. Et faire un effort pour écouter encore tous ces malheurs qu'elles évoquent et qui m'affolent, mais qui leur font plaisir, les enchantent même. Il y a quelque chose de fat et d'insupportable dans les guillemets qu'elles mettent à tout-va, dans le ton qu'elles prennent pour prononcer toutes ces expressions alarmantes dont elles se gargarisent, *violences intrafamiliales*, *dépression infantile*, *détresse psychologique*, *souffrances psychiques*, *adolescence à risque*, ces étiquettes qu'elles collent sans se soucier des marques qu'elles peuvent laisser sur la peau et dans le cerveau, ces diagnostics qu'elles s'arrogent le droit de poser sans même se demander si elles en ont les compétences, et tous ces *dangers* qui existent mais que dans notre cas elles fantasment, ce langage de la police et de la justice qu'elles parlent couramment, LV1 renforcée on dirait : *prévenir*, *alerter*, *surveiller*, *témoin*, *suspect*, *victime*, *entendre*, *auditionner*, et ces autorités auxquelles elles se réfèrent en permanence au point que ça frise la démence, *l'État*, *la Protection de l'enfance*, *les supérieurs hiérarchiques*, *les n+1*, *n+2*, +3 +4 +5 pendant qu'on y est, et *l'enquête*, tous ces *dossiers*, ces *rapports*, et *les conclusions* derrière lesquelles elles se planquent, se protègent. Et puis Mme Trajic dit Voilà, on va s'arrêter là. Tomber de rideau. Je ne le crois pas. Mais si, Mme Brune ferme son carnet et rebouche son stylo. Puis les deux femmes se lèvent. Ensemble, en même temps, comme un seul homme. Courbettes de l'hydre qui baisse ses têtes. Je hoche la mienne, c'est mon max. Plus, je ne peux pas, il ne faut tout de même pas exagérer. Je salue, balai dans le cul, ventre rentré et poings serrés. Mes ongles griffent ma peau, mais ni vu ni connu, je suis la seule à sentir la douleur. Contente de ne pas avoir à serrer la main de ces connasses, faut bien que le Covid ait un avantage. Je ne leur dis pas au revoir, puisque c'est fini, puisqu'on s'arrête là. Je ne leur dis pas au revoir, puisque je ne les reverrai jamais. JAMAIS, vous m'entendez ?!

Après ça on est rentrés. On a repris l'ascenseur, puis le vélo, la trottinette, le scooter. Juste avant qu'Alexandre n'allume le moteur, Lou a dit J'ai pas raconté la boxe, et il m'a bien fallu une minute pour comprendre qu'elle parlait du punching-ball de son frère sur lequel elle s'était entraînée jusqu'à ce que les voisins montent et nous obligent à le revendre. Je n'ai pas vraiment compris pourquoi elle n'en avait pas parlé. J'ai perçu que cela avait quelque chose à voir dans sa tête de minus avec des coups qui auraient pu être mal interprétés, une forme de violence qu'il valait mieux cacher. En revanche, sa remarque m'a saisie : ma petite fille de sept ans était donc capable de sélectionner les informations qu'elle délivrait, de séparer le bon grain de l'ivraie. Elle avait conscience de ce qu'il fallait dire et ne pas dire, de ce qu'il valait mieux taire, ne pas répéter. D I S S I M U L A T I O N : ces lettres se sont affichées en gros, une par une dans mon cerveau, et le mot m'a heurtée de plein fouet au moment d'enfourcher mon vélo. Ce que Lou venait de faire s'apparentait à de la dissimulation. Alors quoi ? Alors rien. Je n'ai rien pensé de tout ça, pas même que les chiens ne font pas des chats. Je me suis contentée de pédaler. Comme une dératée. En danseuse dans la côte du boulevard de Vaugirard et à fond sans les freins dans la longue descente du boulevard Pasteur. Ivre de cette liberté soudain retrouvée, de cette folle frayeur qui durant des heures, que dis-je, des jours, ne m'avait pas lâchée. J'allais si vite que Gabriel a eu du mal à me suivre. Tu riais, mon trésor, riais de me voir pédaler si fort. Maman, attends, criais-tu, le souffle court, tandis que je redémarrais direct dès que le feu passait au vert, Mais maman, attends-moi, criais-tu, mort de rire puisque nous en étions sortis vivants, soulagé toi aussi, à un point inimaginable, et heureux même, je le voyais à tes joues rosies, aux éclairs que lançaient tes yeux et à ces éclats qui n'en finissaient plus de sortir de ta gorge asséchée par l'effort. Bizarre comme je me souviens avec autant de précision du trajet du retour alors qu'il ne me reste rien de celui de l'aller. Je n'ai pas oublié nos doigts d'honneur dans l'escalier, deux à chaque palier, histoire de ne pas faire de jaloux, ta mine outrée, ma Lou, la jolie langue rose que tu n'as osé tirer qu'une fois, et toi,

En garde

Gabriel, les fesses que tu as fait mine de montrer en montant au quatrième, penché pour agiter ton popotin sur le paillasson de Michel Normand. Une fois rentrés chez nous, une fois la porte fermée, on a débouché le champ' et le Champomy sans se soucier de l'heure. Bien sûr qu'il n'était pas encore 19 heures.

On a repris le cours de notre vie, comme on dit.

Pas pour longtemps.

Deuxième partie

Trajic avait dit qu'on allait en rester là. Alors je l'ai crue. Pauvre sotte. Quand elle a dit ça, On va en rester là, je me souviens avoir pensé C'est fini. Ce qui comptait, c'est que ça s'arrête. Que tout ce délire cesse et qu'on puisse rentrer. Tu parles ! C'était juste pause. Elles ont maintenu la touche enfoncée assez longtemps pour qu'on retrouve nos esprits, notre insouciance, pour qu'on profite des vacances, de l'été, pour qu'on croie que tout ça était vraiment fini et qu'on les oublie. Puis lorsqu'on s'est remis à vivre comme si de rien n'était, comme si rien ne s'était jamais passé, elles ont appuyé sur play et c'est reparti. C'était la mi-septembre, en milieu d'après-midi. Le jeudi 17 septembre, un peu avant 15 h 15. J'ai revisité jusqu'à les user et les confondre les souvenirs de ce jour sombre. Je travaillais quand la sonnette m'a fait sursauter. C'est très rare que quelqu'un parvienne à notre palier sans avoir préalablement appelé à l'interphone. Alors je me suis levée, étonnée et prudente. J'ai fait comme les adultes le recommandent, comme mes parents me l'ont appris et comme je l'ai moi-même appris à mes enfants : je n'ai pas ouvert, j'ai demandé l'identité de ce visiteur inattendu en regardant par l'œilleton qu'on appelle aussi judas – et je me rends compte aujourd'hui que le mot le plus approprié, c'est bien celui-là. J'ai vu un homme sur mon paillasson. Brun. Grand. Très grand, même. Un mètre quatre-vingt-dix facile. Il n'a pas décliné son nom mais sa fonction. Il a dit Protection de l'enfance et mon cœur a fait un bond. Ma voix m'a devancée. Je me suis entendue jouer à l'idiote : C'est pourquoi ? L'homme a sorti de la poche de sa veste la lettre qui le mandatait. Et malgré l'étroitesse de l'ouverture pratiquée dans le vantail j'ai reconnu sans mal le bateau qui sert de logo à la Mairie de Paris. Les bras m'en sont tombés mais pas la feuille que l'homme a agitée devant la porte. Personne ne m'a prévenue ! ai-je tenté. En effet, c'est la procédure, m'a-t-il rétorqué. Je ne me rappelle pas avoir ouvert, pourtant j'ai dû m'y résoudre puisqu'il s'est retrouvé dans l'entrée. Il s'est déchaussé sans que je le lui demande, sans que j'aie besoin de faire ce que dans notre jargon familial on appelle la police des chaussures, et pour cause, je ne le savais pas encore, mais la police c'était lui désormais. Tout mon corps s'est mis à trembler tandis que je le regardais dénouer ses lacets. En avisant ses chaussettes, d'épaisses chaussettes blanches qu'on ne devrait avoir le droit d'enfiler que pour faire du sport, même si je sais, Lou, que je n'y connais rien, que Julien Doré en met avec ses claquettes de piscine qu'il porte chez lui et quand il va promener ses deux chiens dans son jardin, en avisant ses chaussettes j'ai pensé qu'elles devaient lui permettre de se déplacer sans bruit, de glisser sur le plancher façon agent secret. J'ai commencé à me faire des films sans m'en rendre compte et encore moins me douter qu'ils seraient bientôt tournés chez moi. Mon téléphone a sonné. Désolée, je suis en télétravail, ai-je expliqué en pointant du doigt l'ordinateur, le deuxième écran, le clavier et les livres qui encombraient la table du salon. Mais pourquoi diable demander pardon ? Je vous en prie, faites comme chez vous, m'a répondu l'homme dans un grand sourire. Avant de se reprendre : Je veux dire faites comme si je n'étais pas là. J'étais tellement déboussolée par son arrivée, si angoissée, que je n'aurais même pas prêté attention à ce qu'il avait dit s'il ne s'était pas corrigé. Il n'allait pas rester debout, planté comme ça ! Je lui ai proposé de s'asseoir juste avant de décrocher. Il n'a pas choisi le fauteuil le plus proche, il a pris place dans le canapé juste en face de la table et c'est comme si je l'entendais murmurer Fais gaffe, fais gaffe, je t'ai à l'œil. J'ai répondu en bafouillant à ma cheffe qui m'informait que cinq personnes m'attendaient en ligne. J'ai ouvert ma boîte gmail, mon agenda, cliqué sur *Point équipe* puis sur *Participer avec Google Meet* et je m'apprêtais à rejoindre la réunion quand j'ai réalisé que mon visiteur était dans le champ de la caméra. Mieux valait utiliser un fond d'écran si je ne voulais pas qu'on le voie. Je n'ai évidemment pas pris le temps de choisir, j'ai sélectionné le premier qui m'est tombé sous la souris et me suis ainsi retrouvée à bord d'un vaisseau spatial, en compagnie de deux Martiens, un vert et un rose, jumelles à la main, occupés à surveiller une planète à travers le hublot. En plus ils bougeaient de chaque côté de ma tête, ça manquait totalement de sérieux et chacun de mes collègues y est allé de son commentaire. J'étais embarrassée mais plus à ça près, alors je me suis excusée pour mon retard puis j'ai présenté les sujets des prochaines pages culture, en essayant de calmer les palpitations qui affolaient mon cœur. Je m'efforçais de parler le plus naturellement possible, de passer consciencieusement en revue les photos, de haut en bas puis de bas en haut, avant de sélectionner celles qui illustreraient le mieux chacun des articles, de tout faire exactement comme d'habitude, comme si de rien n'était, comme si la présence de mon visiteur ne me dérangeait pas, alors que je sentais ses yeux sur moi et n'avais qu'une envie : expédier au plus vite cette réunion afin de lui demander ce qu'il faisait là, chez moi, au beau milieu de l'après-midi. Impossible de me concentrer. J'ai perdu plusieurs fois le fil de ma pensée. Heureusement ma cheffe a fini par reprendre la parole et j'ai pu souffler, me retourner et observer à mon tour cet homme qui n'en finissait pas de me dévisager. Je voudrais réussir à vous le décrire à la hauteur de celle que j'étais lorsque je lui ai ouvert, qu'il vous apparaisse tel que je l'ai vu ce jour-là, pour la première fois. Que vous puissiez vous représenter son élégance hors d'âge, presque désuète, son corps élancé, cette façon qu'il a de poser ses mains bien à plat sur son pantalon bleu marine repassé avec soin, ses doigts fins aux ongles si impeccables qu'on les croirait manucurés, la bataille de ses cheveux noirs, son nez parfaitement droit, ses pommettes hautes, ses longs cils. Il a le regard fixe. Fixé sur moi. Impassible, il ne bouge pas. Pas un geste. Pas même un clignement. Il ressemble à ces artistes de rue qui font la statue. Je ne peux pas m'empêcher de le mater et de le trouver beau. Oui, à cet instant-là, je le trouve beau, ça me revient maintenant. Après, plus jamais. Après, la peur prend trop de place dans ma tête pour que cette pensée puisse s'y loger. Fin de la réunion, déconnexion. Alors sans doute pour me remettre de mes émotions, gagner du temps, me donner une contenance, occuper mes mains autant que le terrain, je lui propose un café qu'il accepte avec plaisir. C'est l'expression qu'il emploie, *avec plaisir*, et elle me désarçonne. Il s'attable dans la cuisine pendant que je sors les tasses et mets en route la machine. J'aimerais qu'il précise au plus vite le motif de sa venue mais apparemment rien ne presse. Éberluée, je l'entends commenter l'agencement de l'appartement très à son goût. Les cuisines ouvertes, même petites comme celle-ci, ça lui plaît. Il aime beaucoup le bois blond du plan de travail et les carreaux anciens sur lesquels il s'extasie. Ce sont des vrais, n'est-ce pas ? Il sait qu'on trouve maintenant un peu partout et pour pas cher des copies faciles à poser, par dalles, Castorama ou Leroy Merlin d'ailleurs en font des pas mal, mais tout de même moins jolies. Oh, et puis le café est exquis. Je l'en remercie. Pour un peu je le trouverais charmant. C'est idiot, et sûrement son objectif : je me détends. S'il se montre si poli et retarde autant le moment de m'expliquer ce qui l'amène, cela doit vouloir dire qu'il n'y a pas trop de souci à se faire. Je finis tout de même par trouver le courage de lui demander la raison de sa visite. Passent quelques secondes. Il suspend sa réponse et bien sûr je flippe. Je suis la bille, lui le joueur. Beaucoup de choses se jouent déjà dans ce petit blanc de rien du tout, ce silence entre nous qu'il laisse planer assez longtemps pour me faire croire qu'il hésite. Aujourd'hui, je ne peux pas m'empêcher de penser qu'à ce moment-là il s'amuse, que cette latence lui permet d'affirmer sa toute-puissance, de me signifier que c'est lui, et lui seul, qui mène la danse. Mais j'extrapole sûrement. C'est le risque quand on raconte une histoire en connaissant la fin. Il termine son café, repose sa tasse et m'explique dans ce sourire dont il ne semble jamais se départir que c'est tout à fait ça : il s'agit effectivement d'une simple visite. Une visite de courtoisie. Ce mot qui tombe entre nous deux sur la table de la cuisine et glisse jusqu'à moi à la façon d'un palet me fait l'effet d'un compliment déplacé. Et dangereux. Le dictionnaire, enfin le site Larousse.fr, que j'ai l'idée de consulter après toutes ces années, définit ainsi la courtoisie :

1. Attitude de politesse raffinée, mêlée d'élégance et de générosité ; civilité.
2. Notion clé de la civilisation médiévale élaborée dans les cours seigneuriales et fondée sur une théorie et une pratique raffinée des rapports homme-femme.

Eh bien c'est tout à fait ça, cette scène pour le moins surréaliste coche les deux cases. L'homme se montre affable, aimable, distingué. Adorable. Et c'est précisément ce qui m'effraie. Sa courtoisie me terrifie. Maintenant que je fais l'effort de me souvenir avec la plus grande exactitude possible de la façon dont les choses se sont passées, je comprends que c'est parce que sa gentillesse me paraît incongrue qu'elle me pétrifie et que je n'ose pas lui demander si c'est Trajic qui l'envoie. Alexandre m'en voudra, il ne comprendra pas, trouvera ça tout bonnement aberrant que je ne lui aie pas posé la question. Moi, non. De toute façon qui d'autre, hein, si ce n'est elle ? J'imagine que nous parlons ensuite de la pluie et du beau temps, de cet automne mêlé d'été, des températures déjà anormalement élevées pour cette saison. Je ne sais plus. La conversation se fait sans moi. Je ne suis pas là. J'ai mis le mode avion. Mes pensées planent dans l'attente de la suite que je redoute et qui finit par arriver assez vite. De toutes les phrases qu'il a dû prononcer, il ne m'en reste qu'une et, trois ans plus tard, je comprends que toutes celles que je n'ai pas écoutées ne servaient sûrement qu'à meubler la discussion en attendant le moment venu pour la formuler. Je le revois comme si c'était hier. C'est hier. Il regarde sa montre, sourit et dit : Les enfants ne vont plus tarder maintenant. Je n'entends pas le point d'interrogation dans sa voix. Ce n'est pas une question. Il sait que Lou et Gabriel vont arriver, qu'ils vont arriver d'une minute à l'autre et qu'ils vont rentrer tous les deux. L'évidence éclate en même temps que ma tête. Il n'est pas venu par hasard un jeudi après-midi. Non. Il SAIT. Il sait que c'est le seul jour de la semaine où les petits sortent à la même heure de l'école, le seul jour de la semaine où je ne prends pas la baby-sitter puisque Lou revient en métro avec son frère. Mais comment diable sait-il ? Ça non plus, je n'ose pas le lui demander. Il s'est sans doute procuré l'emploi du temps des enfants, rien de bien compliqué. Trajic, qui connaît le nom de leur établissement *exigeant*, n'aura eu qu'à passer deux appels pour l'obtenir, l'un à la directrice du primaire, l'autre au proviseur du collège, et peut-être même qu'un seul coup de fil aura suffi. Cavalcade dans l'escalier. Tiens d'ailleurs les voilà, se réjouit-il dans un rire incolore dont l'aigu me glace. Je me lève, me précipite. Vite ! Vite ouvrir la porte avant le cliquetis des clés, vite accrocher un sourire sur mon visage, vite respirer, feindre la normalité et forcer ma voix à la joie. Baisers collants, bras en collier, Salut les amours, alors bonne journée ? Vestes, masques, Eastpack et cartable à paillettes jetés pêle-mêle sur le plancher où rebondit un Qui est-là ? C'est Lou qui demande ça. Comme je dois avoir l'air interloqué, sourcils levés, Gabriel pointe du doigt les Doc Martens alignées sous le radiateur. Trop stylées ! Ravi que mes chaussures te plaisent. Je n'ai pas le temps de répondre, ni de me dire que je ne connais toujours pas son nom que le voilà dans le couloir. Bonjour Lou, bonjour Gabriel, lance-t-il avec un naturel déconcertant. Il a dû répéter.

Oui, bien sûr qu'elles l'ont fait répéter. Bonjour monsieur, répond Lou, intimidée. Appelle-moi Cousin, ma jolie. Cousin ? s'étonne Gabriel. Ouais, couz' ou frérot, comme tu veux, gro ! rétorque-t-il en frappant son poing contre celui de mon fils. Double check, bras tendus, genoux pliés, coude droit levé, pouce et index gauches en V. Son naturel et la perfection avec laquelle il reproduit la choré que Gabriel a inventée il y a des mois et ne cesse de modifier, si bien que ni son père ni moi ne parvenons à la mémoriser, me médusent. Et m'achèvent. Donc ça aussi, il SAIT ! Quoi d'autre encore ? Gabriel se marre, impressionné, ivre d'admiration. Respect, Couz' ! J'imagine que vous avez faim, s'enquiert ce soi-disant cousin en ouvrant un sac à dos kaki que je n'avais pas remarqué. Ni une ni deux, il en sort un sachet qu'il lance sans prévenir à Lou : madeleines maison, mademoiselle. Youhou ! s'écrie-t-elle. Merci Cousin. Les enfants sont au paradis. Moi en enfer.

Il n'est pas resté très longtemps après ça. Il a dit Régalez-vous bien, s'est rechaussé, a observé nos photos de famille aimantées sur la porte d'entrée durant un temps qui m'a paru infini, mais quelles traces cherchait-il donc de nous ?, puis il a ouvert, appelé l'ascenseur et juste avant de s'y engouffrer m'a adressé un À bientôt qui m'a terrorisée.

En garde

Il va donc revenir, a répété Alexandre, estomaqué.
Oui, j'avais compris.
Mais quand ?
Et surtout pour quoi faire ?

Nous avons évidemment cherché à résoudre ce mystère sur Internet. D'abord ensemble, tétanisés, puis chacun de son côté. Sur Google, j'ai tout tapé. À commencer par *visite assistant social.* Le premier lien m'expliquait comment obtenir un rendez-vous avec un assistant social CAF, non merci, ça ira, mais juste en dessous j'ai trouvé *Tout savoir sur le déroulement de la visite d'une assistante sociale* alors bien sûr j'ai cliqué, sans m'attarder sur l'emploi du féminin. Mon doigt a fait défiler l'écran jusqu'à tomber sur cette écharde : *Le plus souvent, le travailleur social en contact avec la famille convoque les parents et l'enfant à un entretien. L'examen de la situation peut aboutir à plusieurs rencontres qui ont lieu au bureau d'aide sociale, au jardin d'enfants, à l'école ou chez la famille.* J'ai conclu que l'assistant était dans les clous en venant chez nous, déduit de l'emploi du pluriel, *plusieurs rencontres*, que nous n'étions pas au bout de nos peines et me suis enfoncée dans ces peines. J'ai lu, lu à m'en brûler les yeux, lu les réponses à toutes les questions que je n'étais donc pas la seule à me poser : Comment se comporter avec les services sociaux ? Comment se comporter lors d'une enquête sociale ? Qui est interrogé lors d'une enquête sociale ? Comment évaluer une situation sociale ? Quel motif pour retirer la garde à une mère ? Quelles sont les mesures de placement ? Quand intervient l'aide sociale à l'enfance (ASE) ? Comment se défendre contre l'ASE ? Comment se battre contre les services sociaux ? Comment lever un placement ? Pourquoi les services sociaux prennent-ils les enfants ? Quels droits a une assistante sociale ? Comment refuser une enquête sociale ? Peut-on refuser une visite à son domicile ? Comment se passe un signalement ? Qu'est-ce qu'un signalement aux services sociaux ? J'ai lu et j'ai pris peur. Notamment à cause d'une fiche du site officiel du Comité élargi de défense de l'individu et des familles (CEDIF) exposant en cinq points *les ficelles et les pièges de l'entretien.* 1/ Ne pas répondre aux questions qui nous enferment. 2/ Mettre les sociaux sur la défensive. 3/ Le travailleur social est un être discipliné. 4/ S'informer pour ne pas se faire enfumer. 5/ Ne jamais négliger la mauvaise foi et la capacité de mentir. J'ai aussi écumé les forums et consulté des tas de témoignages s'intitulant *Fausse accusation de maltraitance* ou *Accusé à tort de maltraitance*, grâce auxquels j'ai compris que nous étions nombreux dans cette galère, ce qui ne m'a guère réconfortée. J'ai hésité, puis finalement renoncé à écrire à LaVacheQuiRit, qui en a visiblement avalé des vertes et des pas mûres, *pas de quoi se marrer*. J'ai pris pour moi le conseil qu'elle a donné à une certaine Fleur, le 18 juillet 2018 à 16 h 38, l'estimant toujours d'actualité : *Je pense qu'il n'est pas dans votre intérêt de refuser les demandes et les contacts avec l'assistante sociale. Ça pourrait vous porter préjudice.*

J'ai continué mes recherches sur Internet, appelé Laure H., officiellement devenue notre avocate, même si elle ne pouvait rien faire pour le moment, puis j'ai vécu durant trois semaines dans l'effroi. Tout entière tendue dans l'attente éperdue du retour de cet homme. J'ai détesté d'emblée qu'il se fasse appeler Cousin, avant même de savoir qu'il défigurerait notre famille. Pourtant je dois me résoudre à continuer de le nommer ainsi dans ce livre puisque j'ignore aujourd'hui encore sa véritable identité ; et c'est fou toutes ces images contenues dans ce mot, Cousin, qui s'échappent, fusent, explosent chaque fois que je tape sur l'ordinateur les six lettres qui le composent. Tout me revient. Reflux. La vague vient de loin. Au fond il suffisait d'écrire pour se souvenir. Il ne se passait pas grand-chose à ce moment-là et pourtant la peur avait déjà pris toute la place en moi. C'est après la première visite de Cousin, et sa promesse de revenir, que ce serpent insidieux a commencé à se glisser dans mon corps. Il lui a suffi d'un mois à peine pour se loger partout. Dans ma tête en étau, mes tempes qui battaient, battaient sans discontinuer la mesure de mon affolement, dans ma nuque raide, ma gorge nouée, mon ventre ballonné que rien ne faisait dégonfler, pas même les gélules de charbon que j'avalais par quatre, et puis dans mon dos douloureux qui finira par se bloquer tout à fait sans que Pierre, l'ostéopathe qui me suit depuis toute petite, comprenne pourquoi. L'intensité de cette peur se traduit difficilement. Je ne me suis jamais vraiment expliqué pourquoi, mais elle décuplait en l'absence du cousin et s'apaisait en sa présence. Prescience du danger sans doute. Ce qui m'angoissait le plus, c'était l'imminence de sa venue, que je savais inéluctable. Il fallait vivre sans jamais savoir quand il débarquerait tout en étant persuadée qu'il n'allait pas tarder. C'était intenable. Infernal.

Je ne peux pas m'appuyer sur mes souvenirs pour raconter la deuxième visite du cousin, trois semaines plus tard. Pour la bonne et simple raison que je n'étais pas là lorsqu'il est revenu. Ou disons plutôt qu'il est revenu lorsque je n'étais pas là. Il me paraît plus juste de le formuler ainsi, car je ne peux pas croire qu'il ne l'ait pas fait exprès. Je suis même sûre et certaine que tout était calculé, qu'il a justement choisi le moment où je m'étais absentée pour revenir. Il a dû attendre que je quitte la maison. Sans doute a-t-il guetté mon départ depuis le café d'en face. À moins qu'il se soit tapi dans le hall de notre immeuble. Souple comme il était, il a tout à fait pu se dissimuler dans le recoin au pied de l'escalier où Lou aimait se cacher petite pour me faire croire qu'elle avait disparu. L'idée que les enfants se soient retrouvés seuls avec lui me rend malade. J'ai bien conscience que s'inquiéter ne sert à rien, encore moins a posteriori, mais c'est ainsi, et aujourd'hui la colère fait courir mes doigts sur le clavier. Le réveil posé sur la console de l'entrée affichait 18 h 20 quand je suis rentrée. J'étais sortie faire des courses. D'habitude, s'il me manque quelque chose, j'attends d'avoir fait réciter les leçons et corrigé les devoirs pour descendre au supermarché juste en bas de chez nous, mais Gabriel avait un contrôle de maths à préparer, déjà plus ni équerre ni compas, et je ne voyais pas comment réviser de la géométrie dans ces conditions. Si le rayon papeterie du Carrefour n'avait pas été dévalisé, je n'aurais pas été obligée de courir chez Office Depot, à trois stations de bus de la maison, et serais partie moins longtemps. Trois ans plus tard, je ne peux m'empêcher de me refaire l'histoire. Il est venu, il est venu ! hurle Lou en me sautant dessus, à peine la porte ouverte. Je n'ai pas besoin de lui demander de qui elle parle. Mon cœur fait une embardée. Je n'ai pas encore enlevé mon manteau ni même posé mon sac que Gabriel déboule dans le couloir, les joues rosies par l'excitation. Le couz' m'a sauvé, tu sais. Comment ça, sauvé ? Il a réussi à résoudre en cinq minutes le problème sur lequel je bloquais, trop facile pour lui. Je n'en reviens pas. Il est allé dans ta chambre alors ? Et après vous avez fait quoi ? Il est resté combien de temps ? Il est parti quand, exactement ? De quoi avez-vous parlé ? Il a dit pourquoi il venait ? Les questions se bousculent dans ma tête et s'échappent pêle-mêle de ma bouche sans que personne daigne y répondre, alors je crie pour me faire entendre : Mais racontez-moi, racontez-moi ce qu'il s'est passé ! Je dois avoir l'air d'une folle. Eh maman, calme-toi, t'excite pas comme ça, m'ordonne Gabriel. Tout va bien, on va tout t'expliquer, me rassure Lou en m'embrassant. De leur récit haché et survolté, je déduis que le cousin n'a pas dû rester plus de vingt minutes. Cinq minutes pour les maths selon Gabriel, disons autant pour la discussion que je les imagine avoir menée avant de commencer, et guère plus pour la partie de Uno que Lou a faite avec lui. Il a eu deux +4 alors c'est allé vite, précise-t-elle. Abasourdie, je gronde : Mais enfin, je ne cesse de vous répéter de ne jamais ouvrir à des inconnus ! Oui maman, mais Cousin, on le connaît. La réponse de ma fille me vrille. Voilà, il a gagné haut la main la deuxième manche, il les a roulés. Roulés dans la farine comme dans le conte de Grimm. Mais sans avoir eu besoin de travestir sa voix ni de montrer patte blanche. J'ai deux marmots plus ballots que sept chevreaux. Ni l'un ni l'autre ne voit le problème. Il est trop sympa ce gars-là, répète Gabriel avant de récupérer ses fournitures et de retourner à ses maths. Oh oui trop gentil, approuve Lou. Il était désolé que j'aie perdu et a promis que je prendrais ma revanche la prochaine fois. La prochaine fois ?

Je tremble, je le comprends au tressautement du téléphone entre mes mains puis contre ma joue que cuit la colère. J'appelle Alexandre. Quand on s'est rencontrés, il y a vingt ans, il ne décrochait jamais. Oh, désolé, je n'ai pas entendu, s'excusait-il chaque fois, incriminant son portable, en permanence sur silence, va savoir pourquoi. Ça sonnait dans le vide et ça me rendait dingue. J'avais chaque fois l'impression de me casser le nez en tombant sur son répondeur, alors un jour je l'ai menacé de ne plus jamais l'appeler, À quoi bon puisque de toute façon, tu ne m'entends jamais ! J'ai mis ma menace à exécution dans la foulée, et, histoire de lui rendre la pareille, n'ai pas répondu à ses appels pendant quarante-huit heures. Le troisième jour, en rentrant chez moi après une soirée bien arrosée, je l'ai découvert assis sur mon paillasson, mort d'angoisse de ne pas avoir de mes nouvelles et de ne pas me trouver chez moi si tard en semaine. Il tenait dans une main un bouquet de tulipes flétries et dans l'autre son portable que je le vois encore brandir sous mon nez, Écoute, Amélie, écoute la sonnerie que j'ai choisie rien que pour toi. Et de me la faire écouter à 2 heures du matin sur le palier, avant même que j'aie le temps d'ouvrir la porte. Vingt ans après, j'entends encore les cloches carillonner gaiement et l'entends encore, lui aussi, me déclarer qu'il m'aime à la folie, me jurer qu'il ne ratera plus jamais un seul de mes appels et que je n'aurai plus jamais, jamais besoin de les lui sonner, les cloches. Et elles auraient sans doute continué de tinter à toute volée dans la cage d'escalier si mon voisin, le premier finalement qu'on dérangeait ensemble mais pas le dernier, si mon voisin n'était pas sorti en pyjama et en furie pour nous engueuler, Non, mais ça va pas la tête de réveiller les gens comme ça en pleine nuit ! Tremblante, donc, j'appelle Alexandre, qui décroche tout de suite. D'habitude, quand il est en réunion, il me répond Je te rappelle, mais pas cette fois. Cette fois il me dit, Attends, ne quitte pas. Je l'entends repousser sa chaise, puis s'excuser Continuez sans moi. Qu'est-ce qui se passe, m'interroge-t-il, inquiet, tu veux que je rentre ? Me proposer de rentrer à la maison, il ne l'avait encore jamais fait en deux décennies, pas même lorsque je l'ai appelé au secours, un jour, à l'aide, sauve-moi, parce que je n'en pouvais plus, plein le dos, du vomi partout, un troisième lit à changer, le nôtre en plus ce coup-ci !, du boulot par-dessus la tête et sur les bras deux enfants malades comme des chiens à cause d'une méga gastro. Effarée comme je l'étais il y a trois ans, je n'avais même pas remarqué cet empressement inhabituel. C'est seulement maintenant que j'écris que je le relève et m'en étonne.

Il faudrait que j'interroge Alexandre, oui, et d'ailleurs je le fais sur-le-champ puisqu'il est juste à côté de moi, avachi dans le canapé, Corona, cacahuètes à portée de main et pieds sur la table basse pour lire le journal. Comment as-tu su, mon cœur, qu'il s'était passé quelque chose de grave au point de quitter le bureau alors même que j'avais à peine prononcé trois mots ? Alexandre ne peut pas m'expliquer pourquoi, mais il a compris, tout de suite compris que ça n'allait pas, pas du tout, et que cela avait quelque chose à voir avec la Trajic. C'est à ta voix que je l'ai capté, précise-t-il. Alexandre se rappelle que j'avais une voix *d'outre-tombe* et j'ignore s'il la qualifie ainsi parce que lui aussi connaît la suite de l'histoire, mais en tout cas il n'aurait pas pu choisir meilleure expression. Parce que quand Lou m'a rapporté que le cousin lui avait promis qu'elle prendrait sa revanche au Uno *la prochaine fois*, j'ai effectivement eu l'impression qu'on m'enterrait vivante. Il faut vingt minutes à Alexandre pour rentrer à la maison en scooter depuis le bureau. Cela me laissait le temps de préparer le soufflé au fromage que j'avais promis aux enfants, mais capable de rien, je m'en souviens. Je n'arrive pas à me remettre de cette visite à laquelle je n'ai pas assisté. Est-ce seulement possible une chose pareille, en 2020 ? Un gars de la Protection de l'enfance qui débarque chez vous en votre absence ? Je n'y crois pas. Jamais vu ça. Ma mère non plus, d'ailleurs, à qui je résume l'affaire par texto. Non mais, c'est pas vrai ! Quels CONNARDS ! Les capitales qu'elle pianote crient dans ma tête, me secouent et m'inoculent un peu de sa force. Sa salve de SMS, que j'ai gardés et même photographiés pour me prouver que je n'avais pas rêvé, me ragaillardit. Préviens l'avocate, surtout. Préviens-la tout de suite, m'intime-t-elle. Je m'apprête à lui obéir quand rentre Alexandre. Je m'effondre dans ses bras, voudrais qu'il me réconforte, mais il explose et au fond tant mieux car c'est souvent quand il perd son sang-froid que je retrouve mes esprits. Lui aussi dit On n'a jamais vu ça, il dit Non, mais d'où un mec déboule comme ça chez nous pour voir nos gamins ? il dit C'est quoi cette société de merde dans laquelle on vit, il dit On bosse toute l'année comme des tarés, on se démène pour s'occuper de nos gosses, pour qu'ils ne manquent de rien et on se fait dénoncer, on nous soupçonne de les maltraiter, il dit Mais quel droit ils ont de nous emmerder à ce point-là, tu m'expliques, il dit De toute façon ils n'ont aucune preuve, alors on ne va pas se laisser intimider, il dit Ils veulent nous faire chier, on va les faire chier aussi. Moi, je ne réponds rien. Pas sûre qu'il faille se pointer à leur bureau et hurler jusqu'à ce qu'on puisse parler à leur chef. Peur de faire pire que mieux. Mieux vaudrait contacter Mme Trajic dans un premier temps, cela me paraît moins offensif. Laure H., que j'appelle tandis qu'Alexandre cuve sa rage, et qui a la gentillesse de décrocher à 21 h 10, confirme : Oui, téléphonez-lui demain et tenez-moi au courant. D'accord. Alexandre s'endort. Pas moi. Quand le jour se lève je connais mes phrases par cœur. Par chance, je suis en télétravail ce jour-là. Alexandre exige en partant que je le tienne au courant. Promis. À 8 h 30 tapantes j'appelle. Mme Trajic n'est pas encore arrivée. À 8 h 45 non plus. Et à 9 heures toujours rien. Alexandre s'énerve par texto quand on me répond qu'elle ne va pas tarder, mais n'a pas encore la colère grossière. À 9 h 15, elle est déjà en ligne. À la demie en rendez-vous et à 10 heures, toujours occupée. Alexandre m'exhorte alors toutes les cinq minutes à la rappeler. Ses SMS changent de tonalité. Quand à son Mon œil ! succède un Mon cul ! je m'assois sur mes principes et engueule le standardiste qui finit par m'inviter à patienter. J'attends. Une éternité. Puisque Trajic fait la morte, je demande à parler à Mme Brune, sans plus d'effet. Alexandre bout. Sa température et sa hargne montent à chaque rafale de textos. Il doit maintenant faire cent degrés dans son bureau. Il dit qu'il faut arrêter de le prendre pour un con ou bien il va péter les plombs et je le crois. Il agonit Trajic par écrit et multiplie les émojis. J'ignorais qu'il en existait autant pour traduire l'énervement. Sourcils froncés, yeux révulsés, bouche renversée et les trois à la fois. De la fumée lui sort maintenant du nez. Il pétune quelques minutes avant de devenir rouge tomate. Il va exploser. Oui, ça y est, son cerveau a sauté, je vois sur son nouvel émoji la surface bosselée des lobes frontaux et occipitaux. Voilà maintenant qu'il m'ensevelit sous les crottes de chiens, et c'est peut-être maso mais je les aime assez car elles sourient. Il balance aussi des têtes de mort à l'intention de Trajic, et bien qu'il soit en plastique, je comprends au pistolet vert qu'il m'envoie qu'il compte la flinguer. À 10 h 20 il écrit STOP et me prévient qu'il prend le relais. En vain. J'ignore combien de messages il laisse et ce qu'il dit au pauvre standardiste qui ne doit pas en mener large. Je sais juste qu'on ne peut pas continuer comme ça, la peur au ventre. Alexandre m'appelle à 17 heures pour me prévenir qu'il entre en réunion et suspend donc ses appels mais qu'on passera aux choses sérieuses dès qu'il sera à la maison. À 19 heures, heure de la fermeture du centre, toujours pas de nouvelles. J'en informe maître H., qui nous conseille cette fois de contacter par mail la Protection de l'enfance. Cela permettra de leur demander des explications tout en gardant une trace de ce qui s'est passé, sait-on jamais. OK, plan B. Alexandre suggère de leur écrire à quatre mains. Les miennes s'emparent de l'ordinateur, les siennes d'un tire-bouchon, et il faut croire que la bouteille de vin blanc qu'il a choisie nous donne du courage et un peu d'inspiration, car une demi-heure plus tard notre mail est prêt. Et sacrément chiadé. Je propose à Alexandre de l'envoyer depuis ma boîte et de le mettre en copie. Après, j'ai l'impression d'avoir consulté ma messagerie non-stop pendant des jours et des nuits. Dans mon souvenir, la réponse met une éternité à nous parvenir, mais elle n'a pas tant tardé puisque le mail que j'ai retrouvé, et que je reproduis ci-dessous, date du jeudi 10 octobre 2020. Soit trois jours plus tard.

Bonjour Madame CORDONNIER,

C'est avec une attention particulière que j'ai pris connaissance de votre courriel en date du 07/10/2020.
Vous sollicitez un entretien avec le Service de la protection de l'enfance suite à la visite d'un de nos assistants à votre domicile situé dans le quinzième arrondissement de Paris.
Vous invoquez un dysfonctionnement de la procédure que vous qualifiez d'illicite. Vous précisez d'une part que votre mari et vous-même étiez absents lors de ladite visite, le mardi 6 octobre 2020. Vous ajoutez d'autre part ne pas avoir été prévenus de la venue de l'assistant à qui vous reprochez de ne pas avoir décliné son identité. Enfin, vous vous étonnez que le

service social de Proximité l'autorise à rester seul chez vous avec vos deux enfants, Gabriel et Lou, respectivement âgés de 14 et 7 ans.
Vous précisez en outre avoir tenté de joindre Madame Trajic et Madame Brune à plusieurs reprises et laissé des messages à leur attention.
Vous regrettez qu'aucune explication supplémentaire ne vous ait été donnée après qu'elles vous ont reçus vous, votre mari et vos deux enfants au centre d'action sociale du quinzième, le 24 juin 2020.
Une première réponse vous a été apportée par notre assistant de service social lors de sa venue à votre domicile, le 17 septembre 2020, or celle-ci semble ne pas répondre pleinement à vos attentes. De fait, vous saisissez aujourd'hui le Service de prévention et de protection de l'enfance de la ville de Paris.
J'entends vos explications et je comprends fort bien les raisons qui vous poussent à nous écrire.
En préambule, je vous informe que le rôle des assistants de service social est relatif à des directives et à un encadrement strict. Ils interviennent auprès de personnes confrontées à diverses difficultés, familiales dans votre cas.
Chacun d'entre eux est diplômé d'État, tenu au secret professionnel et autorisé à préserver son anonymat dans le cadre de sa mission.

Leur mission est d'évaluer la situation des intéressés, de conseiller et d'orienter les personnes en difficulté et de les accompagner tout en instaurant avec elles une relation de confiance. Leur formation complète, adaptée à leur fonction, implique rigueur, objectivité et respect de la loi.
Dans les faits, ils interviennent dans le cadre des instructions données, ne sont pas tenus de prévenir de la date de leur intervention ni de donner d'explications particulières à son sujet.
Aussi, sachez que j'ai procédé à des investigations. Celles-ci ne révèlent toutefois pas de dysfonctionnement afférent à la visite d'un de nos assistants de service social, le mardi 6 octobre 2020.
Enfin, après analyse de votre dossier et eu égard aux éléments susmentionnés, le Service de prévention et de protection de l'enfance de la ville de Paris n'est pas en mesure d'apporter une suite favorable à votre requête. Sachez que la procédure suit son cours et que vous serez prochainement informés de son issue.

Je vous prie de croire, Madame, Monsieur, à l'assurance de toute ma considération.

Mme Dagaubert

Je ne sais plus ce qu'on a fait après avoir transféré ce mail à maître H. J'imagine qu'on a fait ce qu'elle a dit, qu'on a attendu la suite, paniqués. De toute façon, tant que tout cela restait dans la pure légalité et que nous n'étions pas accusés de quoi que ce fût, il n'y avait rien à faire d'autre qu'attendre.

Un flou persiste en moi qui brouille la chronologie. Je dois interroger Alexandre et les enfants pour réussir à dater la première fois où l'on s'est retrouvés tous ensemble avec le cousin. Pour eux, aucun doute, c'est lors d'un dîner que Gabriel situe précisément le 4 novembre. Il s'en souvient très bien car le PSG affrontait ce jour-là Leipzig en Ligue des champions et avait perdu 2-1. Il affirme qu'il avait regardé le match avec Couz', tout aussi écœuré que lui par le score. Effectivement, maintenant ça me revient. Il devait être 19 h 30 quand la sonnette a retenti. J'avais la tête dans le four d'où je sortais le poulet et j'ai pensé Ça y est, le voilà. Je savais que c'était lui. Alexandre aussi. Il terminait d'assaisonner la salade et m'a jeté un regard que je n'oublierai jamais. Noir, froid. Alarmé. Il a dit J'y vais puis a ouvert à cet homme qu'il était alors le seul de la famille à n'avoir encore jamais vu. Cousin est entré, Bonsoir bonsoir, s'est déchaussé, a demandé s'il nous dérangeait et on l'a bien sûr assuré du contraire avant de lui proposer de se joindre à nous pour dîner. Je l'entends encore me complimenter pour le délicieux fumet qu'exhale cette volaille dorée à souhait. Je remets au frigo la bouteille de vin blanc que j'avais prévu de déboucher et ajoute un couvert tandis que les enfants l'accueillent chaleureusement. Deux bises de Lou et double check pour Gabriel qui tend les bras, plie les genoux, lève le coude droit, place le majeur et l'index gauches en V sans remarquer que le cousin n'a nullement besoin de se faire expliquer les dernières nouveautés de son salut pour l'exécuter parfaitement. Lou s'enquiert du plan de table, Maman où va s'asseoir notre invité ? Le mot me hérisse. Je le corrige, rien que pour moi, le traite intérieurement d'incruste, et soudain j'ai un flash. Un parasite m'apparaît qui s'enkyste en chacun de nous, pénètre notre peau, aspire notre cerveau. Je me rappelle avoir pensé qu'il ne repartirait jamais, qu'il était chez nous pour toujours. Je secoue la tête pour m'ébrouer, tenter de chasser cette idée que je crois bête alors qu'elle ne l'est pas. Pas du tout. Il me reste de cette période certaines scènes d'une netteté effrayante dont celle-ci fait partie. Je m'entends prétexter qu'il manque du sel pour retourner à la cuisine et envoyer vite fait un texto tremblant à Laure H. : Il est là. Je me vois ensuite me rasseoir, attendre un peu, le cœur affolé par l'espoir qu'elle réponde vite, puis me relever pour aller couper du pain et me réjouir de trouver son OK, suivi d'un Restez calme, qui m'ont portée. Bizarrement, ce premier repas est assez gai. Il a pour les petits l'attrait de la nouveauté. Depuis le plafond où mon esprit s'évade et se replie je nous observe tous les quatre autour de la table, face à lui. Il nous regarde, écoute nos conversations, et ses silences m'effraient autant que ses questions. Je rêve d'une cigarette mais m'interdis de fumer. Je n'en mène pas large. Alexandre non plus, qui se tait, tendu. Les enfants, eux, racontent leur journée comme d'habitude, et leur jactance, l'insouciance de leur récit me terrifient. Lou narre en détail la partie de chat glacé de son après-midi au parc, évoque fièrement son 10/10 à la dictée de la veille, se désole du poisson dégueu de la cantine, Et au fait, qu'est-ce qu'on va acheter comme cadeau pour l'anniv' d'Antoine, samedi ? Gabriel maugrée qu'ils ont perché le ballon de foot sur le toit pendant la récré et annonce, dégoûté, un 9 en maths alors qu'il avait super bien révisé. Cousin compatit, pose ses couverts, s'essuie la bouche et suggère de reprendre avec lui son DST, histoire de vérifier qu'il a bien compris la correction. Je ne me réjouis pas du tout de ce prof particulier tombé du ciel. Je me demande quelle idée il se fait de nous, ce qu'il déduit de ce dîner, quelles conclusions il en tire peut-être déjà. Je sais qu'il scrute et scanne des images que son cerveau emmagasine pour les développer plus tard. J'aimerais pénétrer ses pensées, savoir ce qu'il va répéter à Mme Trajic et à Mme Brune, ce qu'il va leur rapporter. Ce dont il va se servir contre nous.

Le cours de maths constitue un prétexte en or. Gabriel, à qui le cousin a proposé de revenir le mardi suivant, l'attend toute la semaine comme le Messie. *Proposer*, c'est le verbe qu'il a employé, mais il s'agit juste d'une façon de parler. Nous n'avons pas notre mot à dire, évidemment. Cela me contrarie beaucoup car je travaille au bureau ce jour-là et n'ai aucune envie de laisser les enfants de nouveau seuls avec lui. Alexandre trouve aussi que c'est embêtant, mais bon, inutile de stresser puisque la baby-sitter sera là, il n'y a qu'à la briefer. Je me laisse convaincre, appelle Clara, lui donne mes instructions mais pas l'identité du prof particulier. Je me contente d'expliquer qu'il arrivera à 18 heures et moi à 19 h 30, histoire de faire le point ensemble. Elle n'aura qu'à s'occuper de la petite et commencer à préparer le dîner pendant ce temps, exactement comme d'habitude. Évidemment je suis sur le qui-vive dès 17 heures. À 18 heures j'envoie un SMS à Clara qui me confirme que le prof est bien là. Depuis 17 h 15 même, précise son deuxième texto. Trois quarts d'heure plus tôt ! C'est louche. On n'arrive pas sans raison avec quarante-cinq minutes d'avance. J'en déduis que c'est une façon de nous surprendre, qu'il veut avoir terminé le cours avant mon retour. Sûrement pour éviter de me croiser. Panique à bord. J'éteins mon ordi et fonce dans le métro en priant pour que la ligne 13 fonctionne sans incident. Il est 18 h 49 quand je m'engouffre dans l'escalier, persuadée que le cousin aura filé. J'ouvre la porte, entends un rire bien trop grave pour être celui de la baby-sitter et comprends instantanément que quelque chose cloche en découvrant que ses baskets ne sont pas alignées sous le radiateur. Coucou maman, tu vas te régaler ! s'exclame Lou qui déboule dans le couloir, l'air ravi, m'embrasse, juste un baiser, ne me laisse pas le temps d'enlever mon manteau et m'entraîne dans la cuisine. J'ai l'impression de débarquer sur une scène de crime. Bonsoir bonsoir, me salue le cousin qui termine d'effacer les traces de ses méfaits. Asseyez-vous, je vous en prie, juste deux minutes et je suis à vous, s'excuse-t-il. Je m'exécute, médusée, le regarde laver un dernier plat, l'essuyer, le ranger dans le placard puis plier son tablier. Je ne me rends compte qu'à ce moment-là qu'il a enfilé un des miens, et pas n'importe lequel. Il a pris le vert, celui que Gabriel m'a offert à Noël, sur lequel est brodé *C'est moi le chef* en lettres anglaises rouges. Je ne peux m'empêcher d'y voir un signe. Un plat trône sur le plan de travail rutilant. Attention, c'est encore chaud, m'avertit Lou. Krakinowski, pour vous madame, m'annonce-t-elle fièrement en m'expliquant qu'il s'agit d'un gâteau aux pommes. Peu sucré mais délicieux, vous verrez, ajoute le cousin dans un grand sourire, l'idéal c'est de le servir tiède. Lou boit ses paroles. Je devine le trajet qu'elles empruntent en descendant dans sa gorge, vois ma fille les avaler et ça m'affole. Ah, au fait, j'ai autorisé Clara à filer, lance-t-il. Je dois avoir l'air interloqué car il juge bon de préciser qu'elle craignait de galérer à cause des grèves sur le RER E, et puisque de toute façon il était là… Gabriel termine ses devoirs, il a très bien travaillé, vous savez. Bon, je vais y aller, maintenant. Inutile de me raccompagner, je connais le chemin. Bonne soirée, les filles ! Je n'en reviens pas. Alexandre non plus. Nous nous forçons à féliciter Lou pour le délicieux dessert et à nous enthousiasmer avec Gabriel, ravi de piger enfin les fonctions affines. Un SMS de Clara, soulagée, m'annonce qu'elle a pu rentrer sans encombre, alors tout va bien, non ? Non.

Tout m'inquiète. Les revendications muettes du cousin et son drôle d'air, cette façon étrange qu'il avait de surjouer la décontraction, comme s'il me cachait quelque chose. Et puis je ne comprends pas, je suis sûre et certaine d'avoir acheté du ketchup la dernière fois que je suis allée au supermarché. Gabriel a soutenu que j'avais dû l'oublier au bout du tapis, pourtant je me revois encore déplacer la moutarde et la mayo pour lui trouver une place dans la porte du frigo. Oh… Soudain l'évidence éclôt. Je me redresse, repousse la couette, saute du lit sans répondre au Mais qu'est-ce qui se passe ? que grogne Alexandre, file dans la cuisine, allume la lumière, ouvre le placard à provisions au-dessus des plaques de cuisson et là… Et là, rien. Enfin plus rien ou presque. Seuls les abricots moelleux de Maître Prunille me narguent. La planche où je range habituellement le sucré est vide. Disparus les Kinder Bueno, les tablettes de choco, le Milka de Lou, mes rochers Suchard, les Cookies Granola cœur extra moelleux encore meilleurs réchauffés que dévore Gabriel au goûter. Envolés le Nutella, les Têtes brûlées, les fraises Tagada et les barres protéinées aux amandes et caramel salé qu'achète Alexandre pour ses séances de sport. Il me faut un peu plus de temps pour déterminer ce qui manque dans le tiroir réservé aux aliments salés. La farine, les lentilles, le quinoa et le boulgour sont là. Les penne rigate bio et les spaghettis 100 % italiano aussi. Les sachets Ben's de riz au curry et la purée de tomates n'ont pas bougé non plus. Mais… Oui bien sûr ! Adieu saucisson, cacahuètes, Curly et Pringles. Plus de chips ni de biscuits apéro. Tant qu'à faire autant contrôler le congélateur. RAS au premier étage réservé à la viande et au poisson, toujours aussi plein à craquer. Idem à celui des légumes. Mais dans celui des glaces, évidemment, c'est l'hécatombe. Plus de trace des Magnum ni des petits pots Häagen-Dazs. Seule rescapée, une boîte entamée de six timbales de sorbets glacées Picard, que les enfants refusent de terminer depuis des mois. J'ai compris. Pourtant je veux en avoir le cœur net, alors j'enfile mes baskets, attrape mes clés, referme doucement la porte derrière moi puis dévale l'escalier. L'obscurité me surprend autant que la froidure de la cour. J'ouvre le premier conteneur à ordures ménagères et trouve direct ce que je cherche. Un sac blanc avec des liens coulissants bleus. Il n'y en a qu'un de ce type. Jamais je n'aurais imaginé, un jour, bénir la maniaquerie d'Alexandre qui m'a longuement expliqué qu'il nous fallait absolument cette marque de sacs de 30 litres, spécial poubelle haute, lorsqu'il a troqué notre vieux bac contre une Brabantia à pédale. J'entreprends de l'ouvrir sur place mais il fait trop sombre et mon gros porte-clés m'encombre. Mieux vaut remonter à la maison. Je renonce à appeler l'ascenseur qui fait un bruit du diable. Pas de loup dans l'escalier et palpitations devant le paillasson des Berchon. S'ils me voyaient... Je réussis à ouvrir la porte sans la faire grincer, quand le Qu'est-ce que tu fous ? d'Alexandre qui m'attendait dans le noir du couloir m'arrache un cri d'effroi. Il allume et se marre : Je croyais qu'une poubelle ça se descendait, depuis quand t'as décidé de la remonter ? Je l'ignore, trace dans la cuisine, attrape des ciseaux pour couper le double nœud hyper serré, pose le sac dans l'évier et en extrais tout ce qu'il contient. Les cacahuètes, les chips, les Magnum, les Kinder Bueno, le saucisson, les Curly et autres biscuits apéro, le chocolat Milka, le Nutella, les Granola, les barres protéinées, les rochers Suchard, les glaces Häagen-Dazs, les fraises Tagada, les Têtes brûlées, mais aussi les Danette, la mayo, le Babibel, le Coca en canettes et la grande bouteille d'Orangina que j'avais achetée pour faire plaisir à Lou et dont je n'avais pas identifié la disparition faute d'avoir passé en revue le contenu du frigo : je pose tous ces produits pêle-mêle sur le plan de travail puis tombe enfin sur le ketchup tout neuf, que je brandis sous le regard ahuri d'Alexandre qui ne comprend rien et me prend pour une folle. Non mais pourquoi t'as jeté tout ça ? Il n'a pas fini sa phrase quand une lueur s'allume dans son regard perdu. Ce n'est quand même pas toi qui t'es amusée à tout balancer ? Mais alors qui ? Sa question n'appelle aucune réponse. Alexandre ne fait que réfléchir à voix haute et je n'ai pas la force de l'éclairer. Alors je me tais. Voilà qu'il se décompose. Blême soudain. Le visage vide. Il lâche un Oh, putain… grâce auquel je saisis qu'il a enfin capté. Et comme il répète en boucle Ne me dis pas que c'est lui, Ne me dis pas que c'est lui, je ne juge pas nécessaire de le lui dire.

Que faire de toutes ces provisions ? Deux options : les ranger ou les remettre dans le sac-poubelle. Grosse hésitation. Alexandre ne supporte pas plus que moi le gâchis, mais là, d'un coup, au milieu de la nuit, le courage nous manque. L'idée de devoir rendre des comptes au cousin, lui expliquer, peut-être dès le lendemain, pourquoi nous nous sommes permis de récupérer ce qu'il a jeté nous intimide à un point… Je m'en sens personnellement incapable. Cette épopée m'a épuisée. Deux Danette se sont fendues dans la bataille. J'ai les doigts poisseux, le pyjama maculé de chocolat, et pourrais me mettre à pleurer rien que pour ça. Alexandre doit comprendre qu'il faut prendre les choses en main, que je suis infichue de décider quoi que ce soit car il finit par trancher. Allez, on remet tout dans le sac et demain je l'apporte aux Restos du cœur, j'ai vu qu'ils s'étaient installés pour deux jours devant Carrefour, ça tombe bien. Il décrète ça sur le ton qu'il prend pour faire comprendre aux enfants qu'il n'y a pas à discuter et je lui en sais gré. La bouffée de reconnaissance qui me submerge fait sonner mon D'accord comme un Je t'aime. De quoi avons-nous l'air, lui et moi, à 2 h 30 du mat' dans la cuisine, ahuris devant ce parterre de calories ? Allez, ça suffit, on remballe ! En moins de deux tout retourne dans le sac à part les glaces qui ont fondu : les Danette dont je suis bien contente de me débarrasser, les barres protéinées, l'Orangina, le ketchup, le Coca, le saucisson, les cacahuètes, les Curly, les Kinder Bueno, les chips, la mayo, le Milka, le Nutella, les Granola, le Babibel, les Tagada et les Têtes brûlées. Impossible de réutiliser le lacet bleu que j'ai découpé. Alexandre s'y reprend à deux fois pour nouer le sac, le pose au pied de la poubelle, me prend par la main, allez viens, et la garde jusqu'à ce que je finisse par m'endormir.

Le lendemain, le réveil affiche 8 h 08 quand j'ouvre un œil. Pas un bruit dans l'appartement. Alexandre et les enfants sont déjà partis évidemment. Besoin d'un café. Dans la cuisine, plus de trace du sac, sans doute déjà déposé comme convenu aux Restos du cœur. Mais sur le plan de travail, un petit mot m'attend. Le tremblé du trait trahit l'empressement d'Alexandre. Il a griffonné un Bonne journée que j'aurais eu du mal à déchiffrer si je ne connaissais pas si bien son écriture, a tracé un cœur un peu raté qui dessine un sourire sur mes lèvres et juste à côté une flèche qui m'interpelle sans m'aiguiller. Elle me laisse interdite. Je ne sais comment l'interpréter. Non vraiment, j'ai beau réfléchir, aucune idée. Mais si !

D'un coup, ça me vient. Elle pointe la boîte de thé posée près de l'évier. Je ris toute seule dans ma cuisine. Je ris parce que j'ai compris, avant même de me lever, je ris parce que je le connais, ce garçon que j'ai épousé il y a vingt ans, je ris parce que Dieu sait que même s'il m'exaspère parfois au point de vouloir le quitter, si c'était à refaire, je le referais, je tendrais l'annulaire avec moins d'insouciance certes, mais tout autant d'envie puis lui dirais oui, de nouveau, sans hésiter, je ris parce que je n'ai pas besoin d'ouvrir la boîte pour savoir ce qu'elle contient, je ris et l'aime tellement de me faire rire comme ça de bon matin au moment où j'en ai tant besoin, je ris, me lève sans arrêter de rire, retire le couvercle et bien sûr j'y trouve un rocher Suchard, le rocher qu'il a planqué là ce matin avant de partir au bureau, le rocher qu'il n'a pas jeté hier, qu'il a eu l'idée de sauver malgré l'épuisement, la crainte et tout cet embarras, le rocher qu'il a dû glisser dans son boxer, je ne vois que ça, à moins qu'il ne l'ait caché dans le creux de sa main, celle qu'il ne me donnait pas, je ris à cause de ce rocher qu'il a gardé pour moi, rien que pour moi, et qui pourrait me faire pleurer… Mais non, j'enlève le papier, porte le chocolat à ma bouche et croque, croque dedans à pleines dents.

J'ai écumé Internet en vain. Aucun témoignage, pas la moindre trace de pareil épisode sur les forums. Je ne nous voyais pas récrire au service de la Protection de l'enfance pour nous plaindre, accuser leur agent d'avoir mis nos bonbons à la poubelle ainsi que toutes ces provisions caloriques à souhait que les bons parents refusent de glisser dans leur caddie. Mais j'en ai évidemment informé Laure H. Là quand même, ça va loin ! s'est-elle exclamée. Passer nos placards au crible en cachette, les vider en notre absence et jeter nos affaires sans nous prévenir, ça commence à faire beaucoup. Toutefois, quelle preuve avons-nous ? Après dix jours à faire semblant d'avoir encore oublié de racheter ce qu'ils réclamaient, j'ai dû finir par expliquer la situation aux petits qui n'en revenaient pas. D'un coup, Gabriel a trouvé le cousin nettement moins sympa. Non mais, on ne va quand même pas arrêter de manger ce qu'on aime toute la vie à cause de lui ? s'est-il emporté. Lou a approuvé d'un C'est vrai, faut trouver une solution. Alors on a réfléchi. Les enfants ont commencé par lister ce dont ils ne pouvaient AB-SO-LU-MENT pas se passer, no way. Leurs top 3 se ressemblaient. Têtes brûlées, Nutella et ketchup pour Lou, Nutella, Cookies Granola cœur extra moelleux et Têtes brûlées pour Gabriel. Ils se sont donc concertés puis ont proposé qu'on rachète au moins les Têtes brûlées et le Nutella, ce qui m'a paru très raisonnable. J'ai accepté, mais encore fallait-il définir où on allait les ranger. Parce que si on les remettait à leur place, dans le placard, comme si de rien n'était, ils allaient de nouveau disparaître. Lou a suggéré de cacher le Nutella sous son oreiller ou, mieux, dans sa taie, ce qui a eu le mérite de nous faire marrer. J'ai évoqué les quelques endroits où je glisse le portable de Gabriel lorsque je le lui confisque, mais il les a jugés peu fiables, révélant au passage qu'il avait toujours fini par le trouver. Les petits ont alors passé en revue les différentes planques possibles, le placard hyper haut du couloir, la trappe de la salle de bains, le micro-ondes, la bibliothèque, le rebord de la fenêtre, la machine à laver et si je n'angoissais pas autant, j'aurais trouvé ça amusant. J'ai pensé aux pompiers pyromanes de *Fahrenheit 451*, qu'a adapté Truffaut, prêts à tout pour mettre la main sur les livres interdits et les brûler. Je les ai revus, casqués et gantés de noir, s'introduire chez les gens, débarquer sans crier gare, fouiller partout, tout retourner, ouvrir les placards, les tiroirs et même le four, dévisser les meubles, les abat-jour, s'entêter jusqu'à découvrir des romans à l'intérieur d'un téléviseur ou derrière un radiateur. Il nous fallait vraiment une bonne cachette. Motivé à l'idée de pouvoir y dissimuler ses barres protéinées, Alexandre a joint ses efforts aux nôtres. Longue cogitation familiale jusqu'à la révélation dominicale. Dimanche soir, on a fini par trouver. Je ne dirai pas où, car j'ai promis à Lou de ne pas l'écrire, mais je peux vous garantir que c'était une cache formidable, totalement improbable. Et indécelable. Enfin c'est ce qu'on a cru. Pendant deux semaines. Non, le secret n'a pas tenu deux semaines. Il a fallu au cousin moins de quinze jours et trois visites pour le percer. Il ne nous a rien dit et aucun d'entre nous n'a jamais osé lui en parler, mais un matin, un mercredi, je m'en souviens, car seul Gabriel avait cours, plus rien. J'entends encore le cri qu'il a poussé. Un cri désespéré de bête agonisante. Croyant qu'il s'est blessé, je sors en trombe de la douche, dégoulinante, glisse et me rétame sur le plancher. Lou accourt, m'aide à me relever et nous découvrons Gabriel, accroupi devant notre planque, la tête entre les mains. Vert de vexation. Incapable de parler. Lou et moi comprenons qu'elle est vide avant même de glisser notre main l'une après l'autre dans le renfoncement. Je me revois, après cet épisode. Prostrée durant toute la matinée, incapable de me concentrer. L'angoisse ronge mes ongles. Notre résistance avait trouvé dans ces Têtes brûlées et ce pauvre pot de Nutella un endroit où s'enraciner. Alors que va-t-il se passer maintenant ? La peur des représailles me tétanise. Je n'arrive pas à comprendre comment le cousin a pu trouver notre cachette. Clara, à qui j'ai avoué ne pas lui faire totalement confiance, sans toutefois en préciser la raison, m'a assuré ne pas l'avoir quitté des yeux à la fin du cours et m'a juré être restée avec lui dans le salon durant les deux parties de Uno avec Lou. Alors comment a-t-il fait ? Quand a-t-il eu le temps de chercher ? Ces questions ne cessent de tourner dans ma tête et la contrariété y fait un vacarme du diable jusqu'à ce que Gabriel rentre de l'école à 13 heures. À peine a-t-il balancé son sac dans l'entrée qu'il se jette dans mes bras. Pardon maman, pardon, tellement désolé. Pardon, pardon. Mais de quoi, mon cœur ? J'aurais pas dû, j'aurais jamais dû. Dû quoi ? Il est dans tous ses états, des sanglots plein la voix et les yeux qui débordent. Le voilà qui hoquette, joues ruisselantes et morve au nez. Il a deux ans tout à coup, essaie de s'expliquer entre deux hoquets, mais s'embrouille, recommence, en vain, puis s'excuse de nouveau, s'enlise dans d'infinis regrets, pardon, pardon,

pardon, maman chérie, pardon, désolé, désolé, tellement désolé, et je ne comprends rien, à part qu'il s'en veut, à mort, ça aussi, il le répète non-stop, en boucle, looping, si bien que je finis par perdre mes esprits, en viens à le soupçonner, m'imagine que c'est lui qui nous a dénoncés, qui a téléphoné au 119, alors je lui demande Tu les as appelés ? Trop directe, ma question le choque, Mais non, maman ! Le voilà qui s'agace, s'offusque entre deux spasmes, Non mais ça va pas, oh ! Il retrouve soudain le fil perdu de ses pensées, le suit et réussit à ne pas le lâcher, si bien que je parviens à raccommoder les mots qui tombent tout décousus dans mon cou. Ah, ça y est, tout s'éclaire enfin. Gabriel venait juste de s'apercevoir qu'il avait oublié son livre de maths dans son casier et rebroussait chemin pour reprendre la ligne 12 en sens inverse quand il a croisé le cousin et eu l'idée, débile, se flagelle-t-il, de lui donner sa clé pour qu'il puisse l'attendre tranquillement chez nous. Il a eu le métro hyper vite et couru à fond pour faire l'aller-retour de Convention à l'école, mais tout cela lui a quand même pris une grosse demi-heure. Le cousin a donc eu tout le loisir de faire le tour de l'appart'. Pardon maman, pardon. La litanie reprend. Gabriel finit par épuiser toutes ses excuses, se redresse, mais reste là, bras ballants, sans bouger. Il regarde quelque chose de lointain derrière ses yeux, nous invente peut-être un horizon, puis ses prunelles noires me foudroient. Y brille un silex, une dureté que je ne lui connais pas. Alors je fais comme toutes les mères du monde entier, je serre mon enfant contre moi, encore une fois, et lui dis ces phrases qu'on prononce toutes depuis des millénaires en cas de chagrin, sans avoir besoin de réfléchir ni de se concerter, ces phrases qui se transmettent de génération en génération, flambeaux grâce auxquels nos mères, nos grands-mères, les mères de nos grands-mères et nos arrière-arrière-grands-mères avant elles ont séché des milliers de larmes au point qu'on a fini par les croire magiques, je dis C'est tout, c'est tout, mon chéri, ça va aller, ne t'inquiète pas, ça va s'arranger, ce n'est rien. Mais ce coup-ci, hélas, ça ne marche pas. Gabriel se détache de moi et me fixe. Il tient à me faire face pour me dire Non, je sais que c'est grave. Et le plus grave dans tout ça, ce n'est pas que mon fils ait raison, mais que je n'essaie même pas de le détromper.

Si ça se trouve, le cousin en a profité pour commander un double de nos clés chez le cordonnier en bas de chez nous. Si ça se trouve, il possède désormais son trousseau et vient à la maison dès qu'on a le dos tourné. Persuadée qu'il nous a à l'œil maintenant au sens propre comme au figuré. Alors un matin, juste avant de partir, une idée me vient en rangeant la chambre de Lou. Je prélève quelques minuscules perles du pot dans lequel elle puise pour confectionner bracelets et colliers, les choisis jaunes pour qu'elles se confondent avec le plancher puis les dispose dans l'entrée et m'arrange pour rentrer tôt, juste avant les enfants. Rien que pour voir. Eh bien, à 16 heures, les perles ne sont plus à leur place. Elles ont toutes roulé au loin. J'ai la preuve que Cousin s'est introduit chez nous en notre absence. C'est à cette période, je crois, après l'épisode de la disparition de nos provisions, que je me mets à penser à lui tout le temps. Son nom, qui n'en est pas un, me suit partout. Dans chaque pièce de la maison, dans la rue, dans le métro et même au journal. Je ne m'appartiens plus. Je suis à lui. Il m'obsède, habite mon corps autant que ma tête. Si encore je savais quand il allait venir, mais non. Le seul jour fixe restait le mardi, consacré aux maths où il n'excellait pas par hasard puisque Gabriel avait réussi à lui soutirer qu'il avait été prof en première et même en terminale avant de décider de changer de vie pour bifurquer vers l'aide sociale à l'enfance. Ce rythme hebdomadaire lui a suffi un temps, mais il a très vite augmenté la fréquence de ses visites. Il pouvait se pointer jusqu'à trois ou quatre fois par semaine. Au début je marquais d'une croix les dates de ses venues dans mon agenda pour tenter de cerner ses jours de prédilection, mais à quoi bon ? Ils ne cessaient de varier. Il lui arrivait de débarquer dès le lundi, de revenir le lendemain du cours ou de ne réapparaître que le vendredi. Cette façon de nous garder sous pression fonctionnait à merveille. Je me revois, n'en pouvant plus. Depuis quand n'avons-nous pas été tous les quatre ? Juste tous les quatre sans la crainte qu'il débarque ? Je ne sais plus. Alors je compte. C'était il y a douze semaines, trois mois à peine. Autant dire hier. Pourtant cela me semble loin. Très loin. Une décennie. Un siècle. Deux peut-être. Me voilà désormais enfermée dans un temps sans chronologie certaine. Mais plus rien n'est certain, de toute façon. Jour et nuit, j'ai peur. Tellement peur de perdre Lou et Gabriel. Je dois me raisonner. On n'en est pas là, calmons-nous. Maître H. me l'a assuré : le cousin ne me prendra pas mes enfants. Personne ne me les prendra. Ils resteront avec moi, moi et personne d'autre. Il n'y aura pas de tiers de confiance, compris ? Il faudrait leur prouver, à lui autant qu'à elles, que je suis une bonne mère. Mais comment faire ? Après tous ces mois de confinement que Gabriel avait passés scotché devant l'ordinateur, nous avions eu l'idée de l'inscrire à un stage de surf pendant les vacances, pensant que se retrouver loin de nous avec des ados lui ferait du bien. L'UCPA nous avait demandé une attestation d'aisance aquatique. C'est un document de ce type dont j'aurais besoin aujourd'hui. Une attestation d'aisance éducative. D'aisance maternelle. Il faut que je leur donne des preuves. Toutes les preuves possibles pour lever leurs doutes, les convaincre tous autant qu'ils sont, hyènes, cousin, espion. Je n'en manque pas. Il y a les menus que je rédige depuis des années à l'intention de la baby-sitter avec les crudités à éplucher et les plats que j'ai préparés le matin avant de partir travailler et qu'il n'y a plus qu'à réchauffer ; il y a les discours que j'ai rédigés pour les sept ans de Lou et la première communion de Gabriel ; il y a les cartes d'anniversaire que je glisse au milieu des cadeaux, tous les mots doux que je leur laisse quand je dois m'absenter le temps d'un salon du livre ou lorsqu'ils partent au ski avec Alexandre, et ceux pleins de charmantes fautes d'orthographe qu'ils m'écrivent depuis qu'ils savent tracer des lettres capitales, je les ai tous gardés et datés au crayon à papier, il n'y aurait qu'à choisir, tenez celui-ci par exemple, signé Lou, en février 2020 : Maman je t'aime a la foli plus o que le ciel, je t'aime tèlement que tu ne le sai maime pas ; et puis il y a les SMS de Gabriel, ses poèmes et ses émojis par milliers, émoji cœur, émoji fleur, émoji baiser, et puis il y a aussi leurs dessins et tous leurs bricolages pour la Fête des mères, la *Maison du bonheur* avec sa porte en éponge, le petit miroir en papier d'aluminium, la boîte de conserve peinte en rose pour ranger la cuillère en bois du cordon-bleu et le cheval composé de rouleaux de papier-toilette avec ses pattes en ficelle au bout desquelles pendent des capsules Nespresso en guise de sabots, et puis le gâteau marron que Lou a mis des heures à modeler et pour lequel elle a pleuré, pleuré, j'ai bien cru qu'elle ne s'arrêterait jamais, parce que Gabriel lui a demandé, goguenard, si c'était un caca de chien, et c'est vrai que ça y ressemblait, et les morceaux de guitare qu'ils jouent pour nous aux grandes occasions, *La Chanson de Prévert* qu'ils m'avaient chantée en duo pour mes quarante ans en changeant les paroles. Oui, je vais tout envoyer à la Protection de l'enfance, photos, photocopies, vidéos et captures d'écran. Je décide d'appeler maître H. pour lui exposer mon plan. Par chance, elle décroche dès la première sonnerie. Elle m'écoute et dit Bonne idée, Amélie, mais… Mais en quoi cela prouverait-il que vous aimez vos enfants ? Vous pouvez toujours tenter de démontrer que vous vous souciez de leur bien-être, que vous les habillez, les élevez, les soignez correctement, vous pouvez aussi garantir que vous ne les couchez pas trop tard, que vous leur lisez des histoires, leur cuisinez de bons petits plats, leur faites manger cinq fruits et légumes par jour, de la viande, des œufs et du poisson, pas trop de sucre ni de bonbons, vous pouvez aussi lister toutes les attentions que vous avez pour Lou et Gabriel, cela ne prouvera pas que vous ne les maltraitez pas. Et encore moins que vous les aimez. L'amour s'éprouve mais ne se prouve pas. Pas aux juges en tout cas. J'écoute

Laure H., sonnée. Je ne suis pas d'accord. Le pouls, la température, la tension, les mensurations : tout se prend. Dans *Un loup quelque part*, j'ai même imaginé que la mère prenait la couleur de son bébé chaque matin, avec un nuancier Leroy Merlin. Alors pourquoi l'amour ne se mesurerait-il pas ? On essaie en effet de l'évaluer, acquiesce Laure H. Quand un jeune est assassiné, le montant des indemnités versées à la famille varie en fonction de leur degré de proximité, alors les parents se démènent pour apporter la preuve de leur douleur, tenter d'attester la force du lien qui les unissait à leur enfant. Certains demandent à leurs proches de témoigner en leur faveur, d'autres réunissent des lettres montrant combien ils adoraient leur fils ou leur fille. D'aucuns ont aussi comme vous l'idée de fournir des photos sur lesquelles on les voit rire ensemble, à la piscine, au parc d'attractions ou au restaurant. Mais que valent ces documents ? Tout dépend de leur interprétation, vous savez. Payer des cours particuliers à ses enfants, par exemple, est-ce s'investir dans leur éducation ou se dédouaner ? Sa question m'érafle. Cela doit s'entendre dans le combiné car Laure H. dit Je comprends votre désarroi, Amélie, et je sens à sa voix qu'elle a vraiment de la peine pour moi.

La guerre froide et souterraine que nous menons contre le cousin nous rapproche. Nos yeux pactisent désormais en silence. Un regard échangé par-dessus la table, une légère inflexion de la voix, un mot chuchoté dans le couloir ou même tu, ravalé in extremis, suffisent à nous ragaillardir. La rage et la peur fédèrent autant que la joie, peut-être même plus, je l'ai découvert à ce moment-là. Ensemble nous faisons front. Front contre front et coudes serrés. Cet étranger a tissé entre nous des accords tacites, des solidarités indécelables et indéfectibles, maintenant je le sais. Un mercredi après-midi, les enfants me réclament un bon goûter. Ras-le-bol de la diète imposée. Allez, maman s'il te plaît, dis oui ! Oui mais si le cousin débarque ? Gabriel m'assure qu'il n'y a aucune chance, m'explique qu'il lui a demandé s'il pouvait venir cet après-midi pour l'aider à terminer son devoir maison de maths et qu'il lui a répondu non, qu'il n'était pas libre. Alors tu vois, rien à craindre. J'accepte à condition de choisir un dessert rapide à préparer. Youhou, pas une minute à perdre, s'exclame Lou en courant récupérer le livre de recettes hérité de sa grand-mère tandis que j'allume le four, pas très rassurée. Il ne nous faut guère plus d'une demi-heure pour réaliser les congolais dont les petits ne font qu'une bouchée après m'avoir juré de garder secret cet écart calorique, Croix de bois, croix de fer, si je mens je vais en enfer. Je veille à faire disparaître miettes et moustaches, lave la vaisselle, range le moule et le livre de recettes à leur place, passe le balai, nettoie le plan de travail, puis envoie les enfants terminer leurs devoirs. Il ne reste plus la moindre trace de nos gâteaux quand ça sonne à 18 heures. Ma pupille se fige derrière le judas, ma bouche se ferme sur un cri muet et ma main ouvre la porte puisque pas le choix. Bonsoir, bonsoir ! Alors, on le termine ce DM de maths, lance le cousin en se déchaussant avant de se diriger vers la chambre de Gabriel, narines en alerte. J'ai l'impression qu'il hume l'air en quête d'une odeur suspecte. Ses yeux scannent le salon en passant et repèrent l'iPad qui n'a pas bougé depuis hier soir de la table. Je reste de marbre, me félicite d'avoir parfaitement rangé la cuisine, jubile même intérieurement, persuadée d'avoir réussi à le duper. Je rêve et prends mes rêves pour la réalité jusqu'à la fin du dîner où il ne manque pas de s'incruster, jusqu'à ce que ce cher connard m'annonce au dessert, l'air narquois et faussement désolé, qu'il aurait bien goûté un de nos délicieux congolais. A-t-il détecté un léger parfum de noix de coco ou posé sa main sur la porte du four encore chaud en allant chercher un verre d'eau ? Déjà debout au garde-à-vous pour débarrasser, Gabriel et Lou tirent une de ces têtes que je n'oublierai jamais. Je n'ai pas besoin qu'ils m'assurent en se couchant n'avoir rien dit, je les crois. Je sais depuis longtemps que la ruse la mieux ourdie peut nuire à son inventeur et que souvent la perfidie retourne sur son auteur.

Après ça, on s'y met tous les quatre. Chiens de chasse aux aguets. Truffe au sol et oreilles dressées, on cherche. On inspecte les moindres recoins et puis on soulève tout, on regarde partout, dans les tiroirs, derrière les cadres, le frigo, les photos de la cuisine, le tableau du salon, le miroir de l'entrée, sous nos bureaux, sous la commode, sous les lampes, les chaises, les fauteuils, les deux tapis, sous nos lits, nos matelas, nos sommiers, sous la table basse, la table à manger et sous chacune de nos tables de nuit. En vain. Pas de télécran comme dans *1984*, ni de caméra. Alors quoi ? Alors rien. Il est encore plus discret ou encore plus malin que M. Charrington, voilà tout. J'ai conservé, planqué au fond de mon placard, un article découpé dans *Le Monde*, que le cousin a peut-être lu, tant pis, signé Michaël Fœssel, professeur de philosophie à l'École polytechnique, membre du comité de rédaction de la revue *Esprit* et spécialiste de l'œuvre de Kant, dans lequel il explique pourquoi l'intime est une question politique. J'y ai stabiloté cette phrase qui me heurte et me hante sans doute à cause du conditionnel : « L'intime est la part de l'existence sur laquelle ni l'État, ni la société, ni la médecine ne devrait avoir autorité. » J'en déduis aujourd'hui ce que bizarrement je n'avais pas encore bien compris à l'époque : c'est de notre intimité que le cousin a cherché à nous déposséder. En 2001, comme des millions de téléspectateurs, j'avais regardé *Loft Story* durant dix semaines, aussi amusée que médusée par cette première émission de téléréalité française. En revoyant certains extraits rediffusés à l'occasion du vingtième anniversaire de la saison 1, je ne peux m'empêcher de me demander ce qui nous distingue alors de Loana, Laure, Kenza, Julie, Steevy, Jean-Édouard, Christophe, Aziz et j'en oublie. Tous ces candidats qui vivaient vingt-quatre heures sur vingt-quatre devant des caméras, se savaient épiés comme nous, mais eux le voulaient bien et avaient même signé un contrat, aussi trompeur fût-il. Deux décennies plus tard, notre appartement du 15e arrondissement n'a pas grand-chose à envier à la maison en carton-pâte de la Plaine-Saint-Denis. Au diable le jardin, le poulailler et la piscine, c'est son confessionnal que je jalouse. J'aurais eu grand besoin d'un défouloir moi aussi. Il n'y a guère qu'aux toilettes que je ne me sentais pas surveillée. Je comprends maintenant Gabriel qui y passe encore des heures avec son portable alors que ça m'a longtemps énervée. Quand il est rentré du lycée, hier à 18 heures, il m'a trouvée sur YouTube. Qu'est-ce que tu regardes, m'man ? C'est pour notre livre ? Il n'a pas dit *ton* livre, mon grand dadais chéri dont la mue m'émeut, il a dit *notre* livre, et c'est bête mais ça m'a touchée. Alors je l'ai laissé décapsuler une Tourtel et tandis qu'il s'enfilait trois cookies Granola cœur extra moelleux encore meilleurs réchauffés, après les avoir passés dix secondes aux micro-ondes, je lui ai parlé du *Loft* puis lui en ai montré quelques extraits. Il les a visionnés sans piper, avant d'exploser : Mais oui, maman ! Le cousin c'est un boomeur comme toi, alors bien sûr qu'il s'est inspiré de cette émission pour limiter les horaires de l'eau chaude et nous espionner. Tu te souviens, maman ? Oui... À l'époque je ne veux pas croire qu'il nous voit aussi dans le noir. Et à travers les murs de notre chambre. Et ceux de la salle de bains. Car je les ai tous passés au crible, en vain, la main bien à plat sur les parois, persuadée qu'il a dû percer un trou quelque part, comme le fait Norman Bates, le vicelard propriétaire du motel pour mater Marion Crane dans *Psychose*. Je garde incrustés en moi avec effroi l'éclat de la pupille d'Anthony Perkins et ses cils, que Hitchcock filme en gros plan, tandis que Janet Leigh se déshabille… Juste avant de filer sous la douche et qu'une silhouette floue l'assassine.

Je n'en finis pas de me demander qui est ce type éternellement vêtu de son pantalon et de sa veste bleu marine impeccablement repassés, qui semble venir d'une contrée lointaine, d'un temps ancien, révolu. A-t-il des enfants ? Au moins une famille, de vieux parents ? Où vit-il ? Et comment s'habille-t-il en dehors du boulot ? Je ne l'ai vu qu'une seule fois à l'extérieur de la maison et il m'a fallu du temps pour m'en remettre. Je l'ai aperçu de loin, à une cinquantaine de mètres, sur le trottoir d'en face. C'est le bleu électrique de sa doudoune que j'ai reconnu. Sans elle, je crois que je ne l'aurais pas remis, car c'était la première fois que je le voyais seul, sans nous, et sans nous il n'était pas le même. Il m'a paru différent, en tout cas. Son regard, sa manière de se tenir, tout en lui avait changé. C'est à ce moment-là que j'ai compris qu'il jouait un rôle avec nous, un rôle de composition, et qu'il s'inventait sans doute une démarche, une attitude, une façon de parler, peut-être même de penser. Avant ça, jamais je ne me l'étais représenté comme un comédien enrôlé par l'État, uniquement payé pour faire son job : surveiller et punir. Il s'est arrêté juste devant la pharmacie en bas de chez nous. J'ai cru qu'il allait y entrer, mais non. Il a ouvert son sac, en a sorti son téléphone, toujours éteint, puis l'a allumé, ce qui a pris quelques secondes. J'aurais pu continuer de marcher, franchir la dizaine de mètres qui nous séparaient, avancer à sa rencontre, l'air de rien, l'air faussement décontracté, faire mine de le découvrir en arrivant à sa hauteur, Ah, c'est vous !, m'offrir le plaisir de surprendre sa discussion, de le déstabiliser, peut-être même de le faire sursauter. Il aurait été obligé de me saluer sur le trottoir, bonjour bonjour, j'aurais ainsi pu entendre sa voix en pleine rue et vérifier si c'était la même qu'à la maison ou si elle sonnait de manière différente à l'extérieur, mais non. Aucune envie de m'afficher avec lui. Imaginez qu'un voisin vienne à passer, que Morgane, Michel Normand ou un des Berchon rentre pile à ce moment-là et tombe sur nous, en pleine conversation. Non, trop risqué. Et puis surtout il y avait quelque chose d'effrayant mais d'assez jouissif, une sorte de joie vengeresse à le voir sans qu'il me voie, rôles inversés pour une fois. J'ai préféré profiter de cette situation inédite, le regarder encore à son insu, prolonger le plus longtemps possible ce plaisir transgressif. Je me suis rabattue derrière le kiosque à journaux in extremis lorsqu'il a relevé la tête et regardé dans ma direction. Il s'est assis pour téléphoner sur le banc vert, juste en face de la pharmacie, et j'aurais donné cher pour savoir à qui il parlait. J'étais à peu près sûre que c'était à elles, Mme Trajic et Mme Brune, à l'une d'elles en tout cas. Mais peut-être que je me trompais, que je fantasmais, peut-être qu'il ne parlait pas de nous, qu'il appelait juste sa femme, ses enfants, son mec, que sais-je, tout était possible puisque nous ne savions rien de lui en dépit de toutes nos tentatives pour lui tirer les vers du nez. Son coup de fil a duré assez longtemps, cinq-six minutes je dirais, puis il a raccroché, rangé son portable dans son sac à dos dont il a sorti un Zippo en argent. Je l'ai vu briller à distance et il m'a même semblé sentir l'odeur d'essence lorsqu'il a allumé une cigarette. Ça m'a énervée, pas la peine de nous répéter à longueur de journée que fumer tue ! Je me suis demandé comment il faisait pour ne jamais sentir la clope. Il devait avoir une combine pour ça aussi. Il a tiré une latte, a rangé dans sa poche son paquet, si ça se trouve celui que j'avais planqué quelques jours plus tôt, mais jamais retrouvé, puis il s'est mis en marche. J'ai eu envie de savoir où il allait. Mes jambes l'ont suivi avant même que je le décide. Alexandre et les enfants auraient fait pareil, ils me l'ont assuré lorsque je leur ai raconté ce qui s'était passé en rentrant, le cœur encore affolé. D'un coup j'étais dans un film. Je prenais Maigret en filature, c'était fou et flippant. J'avais la trouille qu'il me repère, évidemment. Mais ça n'a pas duré longtemps, j'ai perdu sa trace très vite, hélas. Le 62 m'a dépassée et a freiné une vingtaine de mètres plus loin, j'ai deviné que le cousin comptait l'attraper quand je l'ai vu se mettre à courir, le bras levé pour faire signe au chauffeur de l'attendre. Il lui a fallu quelques secondes seulement pour rejoindre l'arrêt. Je l'ai vu jeter sa clope dans le caniveau juste avant de monter dans le bus, j'ai vu la porte du bus se refermer, l'ai imaginé valider son passe Navigo, puis le chauffeur a démarré et ç'a été fini, je n'ai plus rien vu. Fin de la filature.

Les enfants ont retrouvé des couleurs et leur bonne humeur, complètement digéré la disparition du Nutella. Le cousin a su œuvrer pour la leur faire oublier. Mardi, il a apporté un pot de OUF ! Une pâte à tartiner cacao-cacahuète sans huiles du tout, certifiée agriculture biologique, 100 % naturelle et végétale, vegan friendly donc et made in France. J'ai réussi à lire toutes ces indications en zoomant sur la photo que m'a envoyée Gabriel qui n'en revenait pas. Cadeau du Couz', avait-il écrit en guise de légende. Aux anges elle aussi rien qu'à l'idée d'y tremper sa cuillère, Lou a eu le droit à un pot de ketchup bio ; je ne savais même pas que ça existait, avec 70 % de sucre en moins et zéro sel ajouté. Depuis cette manœuvre habile, les enfants n'ont plus aucune raison de le bouder. Gabriel s'amuse désormais à rapper : Grâce au Couz' j'suis devenu un boss des maths alors que la bosse, j'l'avais pas ! Comme Lou enviait son frère, jugeait le temps que lui consacrait le cousin bien supérieur à la durée de leurs parties de Uno, un soir, après une belle et une revanche, il lui a proposé de rester encore un peu afin qu'elle lui joue son nouveau morceau de guitare. Quand elle a eu fini, j'ai entendu qu'il lui donnait quelques conseils, j'ai d'abord pensé Ce type-là sait donc tout faire !, et puis j'ai eu un flash, j'ai compris : elles l'ont choisi, lui, exprès, parce qu'il est fort en musique et en maths. Gabriel aura évoqué ses galères dans cette matière et Lou son nouvel instrument durant l'entretien qu'elles leur ont fait passer *séparément*. Un mercredi, lasse de jouer seule à des jeux sans société, elle a réussi à convaincre le cousin et son frère de se lancer dans un interminable Monopoly, qu'ils n'ont arrêté qu'une fois tous les hôtels construits et à l'issue duquel je me suis sentie obligée de lui proposer de rester dîner. Pour les gosses, ce type est un deuxième baby-sitter, un nounou, comme dit Lou, dont ils chantent les louanges et vantent les qualités. Même leur père a fini par lui en trouver quelques-unes. Faut admettre qu'il met le paquet. La semaine dernière, il a changé l'ampoule grillée de la cuisine et les piles de la radio qui grésillait depuis un bon moment. Il m'arrive souvent de découvrir que le lave-vaisselle a été vidé ou que le linge s'est étendu tout seul. Une fois, le bouton du tablier de Lou s'est même recousu comme par magie. Dans ces cas-là se rejoue la même pauvre scène. Je le remercie puisque je suis polie, mais du bout des lèvres. J'articule un merci contraint, orphelin. Un merci tout court. Impossible de l'appeler Cousin, c'est au-delà de mes forces. Lui me donne du Amélie par-ci, Amélie par-là, et mon prénom dans sa bouche me hérisse. Il me répond invariablement qu'il m'en prie, en me regardant droit dans les yeux, Je vous en prie A-mé-lie, et chaque fois j'ai l'impression qu'il dégaine une balle par syllabe puis attend que la dernière des trois m'atteigne en pleine figure pour ajouter que tout le plaisir est pour lui. Ce soir, il a rapporté du pressing les costumes dont le ticket traînait depuis dix jours dans la cuisine. Fallait voir la tête d'Alexandre, son sourire de gamin hésitant entre gêne et joie, obligé, lui aussi, de dire merci quand bien même il n'en a aucune envie. Je soupçonne le cousin de prendre un malin plaisir à multiplier ses efforts pour lui faciliter la vie. Quand il lui a proposé d'aller chercher Lou à sa place au judo, lundi, parce qu'il avait un conseil de surveillance à 17 heures, j'ai cru devenir folle. Qu'il se dédouane ainsi, délègue sa mission hebdomadaire à cet homme, non mais ! Alexandre a trouvé que j'exagérais, Mais puisqu'il le propose ? Vendredi, il râlait avant même de monter les deux nouvelles bibliothèques Billy qu'il avait pourtant gentiment commandées chez

Ikea, exaspéré de me voir empiler mes livres partout, quand le cousin est apparu. Comme par miracle. À travers le judas où je continue à regarder par réflexe alors que je sais que c'est lui, qui d'autre, on n'invite plus personne, j'ai vu qu'il portait une grosse mallette noire et j'ai pensé qu'elle lui donnait un air d'agent secret, ce qu'il est, au fond, d'une certaine façon. J'ai ouvert la porte en me demandant ce qu'elle contenait et n'ai compris qu'il s'agissait d'une valise à outils que lorsqu'il les a présentés à Alexandre. Whaou, s'est exclamé celui-ci, épaté. Moi, j'étais effarée. Comment pouvait-il donc être au courant de la livraison ? Le créneau prévu entre 9 heures et 13 heures m'avait été confirmé par mail seulement la veille et je suis certaine de ne jamais avoir évoqué devant lui cette commande Ikea ni même le RTT qu'Alexandre a pris pour la réceptionner. A-t-il piraté ma messagerie ? Je reste sur mes gardes, mais dois bien admettre qu'il ne sait que faire pour se rendre agréable. Il ne débarque jamais à 18 heures sans avoir acheté du pain pour le dîner ou du lait pour le petit déjeuner parce qu'il a remarqué qu'il en manquait. Un midi, j'ai même eu le droit à une rose blanche. Ma fleur préférée, ça aussi, évidemment, il le sait. Je me doute qu'il ne paie pas tout ça de sa poche et doit avoir droit à quelques notes de frais pour chacune de ses missions, pourtant je résiste tant bien que mal à ses assauts d'amabilité. La semaine dernière, quand il a appris qu'un problème au bureau empêchait Alexandre d'assister à un match avec les enfants au Parc des Princes et que j'étais coincée au journal pour le bouclage, il a proposé de les accompagner. C'était ça ou perdre les billets, les petits piaffaient, alors bien sûr j'ai accepté. Ils sont rentrés enchantés. Lou, qui avait pris son appareil, a aimanté sur la porte d'entrée un pola d'eux trois hilares, les doigts formant le V de la victoire, et si je frissonne chaque fois que je passe devant, ce n'est pas tant parce que le cousin a réussi à s'incruster dans nos photos de famille, mais à cause des deux bras qu'il a passés autour du cou de mes enfants. Je ne peux m'empêcher de penser qu'il lui suffirait de resserrer sa prise pour les étrangler. Il la connaît sûrement, lui aussi, la chanson que susurre le serpent dans *Le Livre de la jungle*. Mme Trajic et Mme Brune ont dû la lui apprendre. Aie confiance, crois en moi que je puisse veiller sur toi. Je n'ai jamais été dupe. J'ai toujours su qu'il faisait tout ça uniquement pour nous endormir.

Mi-décembre j'ai pourtant cru que les choses s'arrangeaient, qu'il avait compris quel genre de mère j'étais, qu'il allait cesser de passer tous mes actes au tamis du soupçon et ne plus tarder à partir. J'avais retrouvé un semblant d'humour et même dispensé Alexandre de faire les boutiques pour moi à Noël. Mon cadeau était tout trouvé : je ne demandais rien d'autre que d'être débarrassée de ce type. Allez, basta, ça suffit comme ça, la plaisanterie a assez duré. Le 25 décembre approchait à grands pas, et bientôt tout ça serait terminé. Enfin, c'est ce que je croyais. Les choses se sont compliquées cinq jours avant les fêtes. Ce soir-là, je me dépêche de préparer le dîner quand le cousin vient me voir dans la cuisine avant de partir, sa doudoune déjà sur le dos. Je peux encore imiter le ton mielleux qu'il prend pour me faire part de son étonnement : Alors vous, Amélie, vous faites la crèche mais pas le sapin ? Au moment où fuse sa question, le piège se referme. Clap ! J'entends ses ressorts s'actionner puis sens les dents de sa mâchoire métallique mordre ma cheville et transpercer ma peau. Inutile de me débattre, je le sais. Je baisse le feu sous la casserole et explique sans le regarder que cette année, non, pas de sapin, exceptionnellement, car nous passons les fêtes à Londres, chez mon frère et ma belle... Il me coupe, et je constate que l'heure est grave car c'est bien la première fois qu'il ne me laisse pas terminer une phrase. Pas sûr que ce soit possible, Amélie, autant vous prévenir tout de suite : il faut que j'en réfère. Sa voix reste en l'air. On ne peut pas en référer comme ça, tout seul dans son coin, il faut toujours en référer à quelqu'un. Le verbe est transitif indirect, et je suis sûre qu'il le sait. Alors pourquoi taire l'identité des personnes auxquelles il doit faire appel ? Parce que je ne la connais pas et qu'elle doit rester secrète. Ce qui signifie qu'il ne va pas s'adresser à Mme Trajic ou à Mme Brune mais à leur supérieur hiérarchique, leur n+1, +2, +3 +4 +5 peut-être même. On est dans la merde ! Je n'ai pas la force de reprendre Gabriel lorsqu'il téléphone à son père pour lui résumer la situation en ces termes. De toute façon il a raison. Je lui interdis de dire quoi que ce soit à sa sœur, si contente de revoir bientôt ses cousins, ses vrais cousins, comme elle se retrouve obligée de préciser, et qui décompte les jours en ouvrant les portes de son calendrier chaque matin. On n'en est plus à tenter de feinter en cherchant où cacher quelques Têtes brûlées et un malheureux pot de Nutella. Le lendemain, samedi, aucun signe du cousin. Alexandre pense qu'on n'en aura pas avant lundi. La tension monte d'un cran. La lame du couteau sous nos gorges luit dans l'obscurité. Impossible de dormir après ça. Nuits blanches et journées noires. Rien n'endimanche le week-end que l'on passe à attendre des nouvelles qui jamais ne viennent. Ni les hamburgers fermiers de notre bistro préféré ni le ciné avec lequel on enchaîne. Aucune idée du film qu'on a vu, j'ai demandé aux garçons, qui ne s'en souviennent pas non plus. Alexandre avait raison, le verdict est tombé le lundi, dans l'après-midi. J'étais en visio quand j'ai reçu un texto du cousin. Souffle coupé en voyant son message s'afficher sur l'écran de mon téléphone. C'est bon, Amélie, pas de souci. Joyeuses fêtes à tous ! Profitez bien de Londres et mes amitiés à la reine. Si je n'avais pas été en réunion, j'en aurais pleuré. De soulagement autant que d'épuisement.

Nous n'avons jamais été aussi contents de monter dans un train. Une grande euphorie s'empare de nous une fois assis à nos places. Tandis que les enfants dégainent l'iPad et commencent leur série, une étrange scène se joue entre Alexandre et moi. Tout droit sortie de *1984*. Il est Julia, moi Winston.

Il me fait promettre de garder pour nous ce qui vient de se passer, de ne parler du cousin ni à mon frère ni à sa femme à qui ma mère n'a rien raconté. De toute façon l'Eurostar signe la fin de notre cauchemar. Qu'ils nous laissent quitter la maison et le territoire prouve que tout est bien qui finit bien. Il était temps, on n'allait pas rester toute notre vie le petit doigt sur la couture du pantalon ! Alexandre joint le geste à la parole. Puis, comme si le fait de toucher sa ceinture lui rappelait quelque chose, il fouille la poche de son jean et en tire une tablette enveloppée de papier d'étain, qu'il casse en deux. Avant même que je n'en prenne un morceau, le parfum m'indique qu'il ne s'agit pas de chocolat ordinaire. Celui-ci est sombre et brillant. Rien à voir avec la substance friable d'un brun terne, estampillée écoresponsable et qui a parfois, autant qu'on peut le décrire, un goût âcre de brûlé. Il m'était arrivé, je ne sais plus quand, de goûter à du chocolat semblable à celui qu'Alexandre vient de me donner. La première bouffée de son parfum réveille en moi un souvenir puissant et troublant que je ne peux fixer. Bien consciente de jouer là une scène qui nous dépasse, je lui demande où il a dégotté ce chocolat. Marché noir, me répond-il en feignant l'indifférence avant que son rire éclate dans le compartiment.

Troisième partie

Mais comment avons-nous pu nous croire de nouveau maîtres de notre destin à l'aube de 2021 ? Au bûcher, nos rêves de liberté retrouvée et de retour à la vie normale. Toutes les bonnes résolutions que nous avons formulées en anglais, en imitant l'accent frenchy de mon frère, complètement ivres, dans la nuit du 31 décembre au 1er janvier, se sont envolées en fumée. Je les ai vues monter au ciel en descendant du taxi qui nous ramenait de la gare du Nord. C'est en découvrant le salon allumé que j'ai compris. Alexandre, qui lui aussi a aperçu la lumière en levant la tête vers nos fenêtres au moment de composer le code, s'est mis à engueuler les enfants. Lequel d'entre vous a encore oublié d'éteindre ? Vous vous rendez compte du gâchis ? Je n'ai pas eu le courage de le détromper, mais j'ai trouvé, j'ignore comment, celui de prendre les devants. Je suis montée à pied tandis qu'il s'encastrait tant bien que mal dans l'ascenseur avec les petits et les valises. C'était ma façon d'amortir la chute. Leur chute. Notre chute à tous les quatre. J'ai introduit la clé dans la serrure et n'ai pas eu besoin de la déverrouiller, bien sûr. Son Bonne année, Amélie ! ne me surprend pas. Mais le voir, ou plutôt le revoir, vêtu de mon tablier, le vert, celui avec l'inscription *C'est moi le chef* brodée en lettres anglaises rouges, me scie. Que faites-vous là ? Le Happy new year Cousin ! que Lou hurle en déboulant avale ma question. Alexandre, juste derrière elle, un sac sur l'épaule et une valise à la main, formule exactement la même. La stupéfaction le défigure. Paupières, pommettes, narines, bouche, menton, tout tremble sur son visage défait. Pourtant le regard alarmé qu'il me jette m'effraie moins que celui de Gabriel. Les yeux de mon fils dardent une hargne et une culpabilité infernales qui, je le sais et m'en désole, continuent de le dévorer aujourd'hui encore. J'ai pensé que vous seriez fatiguée en rentrant et contente qu'un bon dîner vous attende, installez-vous, tout est prêt, m'explique Cousin en désignant la table du salon. Une vraie table de réveillon. Il a mis une de mes nappes blanches brodées sur laquelle il a jeté mes confettis dorés, a sorti l'argenterie, mes dessous d'assiettes pailletés et les verres à pied dans lesquels trônent les serviettes en papier du Monop' qu'il a pris soin de plier en éventail. Lou siffle, admirative de ce beau travail. Pour meubler la discussion, le cousin précise qu'il a composé le repas à partir de ce qui restait dans le congélateur où il ne s'attendait vraiment pas à trouver tant de merveilles, un poulet, des frites de patate douce et même du saumon fumé. Tout le mérite revient à la prévoyance de ta maman, répond-il à Lou qui ne cesse de le complimenter. D'abord sur la réserve, Gabriel finit par se dérider et raconter notre séjour à Londres, mais Alexandre garde le silence durant tout le dîner. J'ai moi aussi bien du mal à jouer la comédie de la mère de famille ravie de mettre les pieds sous la table. Si quelqu'un était entré chez nous à ce moment-là, qu'aurait-il vu ? Quel spectacle offrions-nous ainsi rassemblés ? Je n'ai qu'une hâte : qu'on en finisse et qu'il s'en aille. Mais la soirée s'éternise et j'ai la sensation qu'il prend un malin plaisir à jouer les prolongations, invitant les enfants à se resservir, les bombardant de questions, puis m'interdisant de débarrasser, Je m'en charge avec Alexandre ! J'ai bien assez à faire, c'est vrai, largement de quoi m'occuper. Encore deux valises à défaire et une machine de noir à lancer avant de me coucher. Bon courage, me souhaite le cousin quand il s'en va enfin. La porte claque sur nos soupirs de soulagement. La tête que tire Alexandre tandis qu'il termine de ranger la cuisine en dit long sur son niveau d'exaspération. Je suis à bout moi aussi. La colère et la tension accumulées pendant le dîner éclatent entre mes tempes. Et en plus vous avez tous fait vos sacs n'importe comment ! Aucun courage pour trier puis replier tous ces vêtements. Les enfants, venez m'aider. J'ai l'impression de parler aux murs. Allez, s'il vous plaît. Rien à faire. Trop contents de retrouver leurs chambres, les petits jouent aux sourds. Gabriel, réponds-moi, ces chaussettes de sport, c'est à toi ou à papa ? Torse nu, casque sur les oreilles et rap à fond, mon fils ne risque pas de m'entendre. Des pompes à 22 h 30, non mais je rêve ! File sous la douche, si tu ne veux pas que je m'énerve. Et toi, Lou, pose ce manga, mets ton pyjama et va te brosser les dents. La machine n'en finit pas de sonner. T'entends, maman ? Oui, merci, ma biche, j'y vais. T'as intérêt à être au lit quand je reviens. Plus la moindre place sur l'étendeur à linge. Il me faudrait trois cintres pour suspendre les chemises. Évidemment personne ne me les apporte. Ras-le-bol ! Faute à la précipitation autant qu'à l'exaspération, je me cogne le petit orteil contre la roue de la valise rouge en ouvrant l'armoire. La douleur me vrille. Ta grosse bougie parfumée, je la range où ? me demande Alexandre qui s'active désormais dans le salon. Où tu veux, je m'en fous. Allez, Lou, tes dents maintenant ! Il y en a partout. DVD, sweat, peluches, bandes dessinées, chevaliers, jean, casquette, dinosaures, baskets et sabre laser s'entassent sur le plancher. Je vais craquer. Les enfants, venez chercher vos cadeaux ! Ouais, deux secondes, maman. Non, tout de suite ! Ben faut savoir, je croyais que tu voulais que j'aille me doucher, me rétorque Gabriel sur le point de s'enfermer dans la salle de bains. Ma rage explose. Je hurle : Ça fait dix fois que je vous appelle, alors c'est très simple, soit vous venez immédiatement récupérer vos cadeaux de sales gosses pourris gâtés, soit je vous jure que je les jette tous par la fenêtre, et vous avec ! Hors de moi, je joins le geste à la parole, main sur la crémone, quand soudain la sonnerie retentit et m'électrocute. La mine catastrophée d'Alexandre décuple ma frayeur mais m'arrache à l'hébétude. Le judas confirme : c'est bien lui, là, debout sur le palier. Mes mâchoires tremblent trop pour que tienne le sourire que je plaque contre ma bouche au moment où je découvre celui du cousin. Il me dispense de son bonsoir bonsoir puisqu'il vient juste de nous quitter, mais me propose ses services comme si de rien n'était, au point que je parviendrais presque à me convaincre qu'il n'a rien entendu, alors que si, bien sûr qu'il a tout entendu. Tout. Est-ce que je peux vous aider, Amélie ? Je tente de prendre l'air dégagé avant de décliner le plus calmement possible : Non merci, tout va bien, on allait se coucher. Bon alors bonne nuit, Amélie, me lance-t-il avant de dévaler l'escalier.

Il a beau ne pas m'avoir dit *à demain*, je le sais, on le sait tous qu'il reviendra dès le lendemain de cette pitoyable soirée. On en a tous les quatre mis notre main à couper. Personne n'est donc surpris quand il sonne au moment où nous nous apprêtons à passer à table et qu'il nous faut ajouter un couvert. Comme la veille, Cousin refuse que je l'aide à ranger à la fin du dîner et m'envoie prendre une bonne douche pendant qu'il termine de débarrasser. Je l'entends s'activer longtemps. À 22 heures, plus un bruit lorsque je sors de la salle de bains. Je l'imagine parti, quand… Un serpent ! Non, mes pieds butent sur un long tuyau noir… Au bout duquel j'aperçois une pompe à pied, puis un oreiller, un matelas gonflable, un sac de couchage. Il me faut quelques secondes pour mettre bout à bout les images. Je n'en crois pas mes yeux. Ni mes oreilles, quand le cousin sort de la cuisine en m'expliquant qu'il s'est permis de se brosser les dents dans l'évier puisque le lavabo était occupé. Vous n'allez quand même pas dormir ici ? lâche ma bouche bée. Si, Amélie, cela fait partie de la procédure, cette étape s'inscrit dans le cadre de votre accompagnement familial. Sifflet coupé. Il me raconte qu'il ne va pas tarder à se coucher et m'invite à en faire autant, compte tenu de la longue journée qui m'attend demain. Je ne parviens pas à lui rendre son Bonne nuit. Mes lèvres étirent un demi-sourire bricolé, puis mes jambes me portent jusqu'à mon lit où je m'écroule en retenant tant bien que mal des larmes qui n'y pourront rien changer. Alexandre a déjà éteint quand il murmure Ne me dis pas qu'il dort ici, mais je le connais assez pour deviner qu'il blêmit. Il me prend dans ses bras, et nous restons longtemps ainsi sans bouger, collés l'un à l'autre, les yeux ouverts dans le noir, unis dans la sidération partagée de l'impensable.

Le lendemain matin, plus aucune trace du cousin. La pompe à pied, l'oreiller, le matelas gonflable et le sac de couchage ont disparu. Pour un peu on penserait que j'ai tout inventé. Alexandre a d'ailleurs envie de croire à un mauvais rêve. Hélas non. Maman, crie Lou depuis la salle de bains, Cousin a oublié sa brosse à dents ! Il l'a choisie jaune, sans doute pour la distinguer des quatre nôtres au milieu desquelles il l'a plantée. Tel un couteau. Elle m'agresse moins que son rasoir posé sur la tablette encombrée, juste à côté de mon rouge à lèvres. Il aurait pu le placer près du déo de Gabriel ou du parfum d'Alexandre, mais non. Sa lame, c'est pour moi. Il me la réserve. Ce ne peut pas être un oubli. Je prends son geste pour un avertissement, une mise en garde. Une menace, même. Nous avons intérêt à nous tenir à carreau car lui nous tient en joue. C'est pour qu'on le comprenne bien, pour que ça entre dans nos petites têtes une bonne fois pour toutes, qu'il a laissé ses affaires bien en vue.

La brosse à dents marque son territoire et un tournant. Une rupture définitive dans notre vie d'avant. Ma peur que le cousin revienne et l'angoisse de l'attendre n'étaient rien comparées à l'épouvante de le savoir avec nous à plein temps. Son ombre ourle maintenant chaque seconde de notre vie. Il ne nous quitte plus, plus jamais. Cet après-midi, exceptionnellement il est sorti, s'est absenté une heure à peine, pour aller voir les siens, chercher des vêtements propres ou simplement prendre l'air, que sais-je ? Je n'ai pas compris pourquoi il a sonné lorsqu'il est rentré alors qu'il a la clé, sa propre clé qu'il a fait faire en douce. La flemme de la sortir, comme Gabriel, ou alors le plaisir de me faire sursauter ? Peut-être les deux. Quand il s'est annoncé, a crié C'est moi ! depuis le palier pour m'éviter de regarder à travers le judas, j'ai pensé à cette comptine que mon fils adorait, petit, et écoutait sans discontinuer dans son livre musical, jusqu'à vingt fois d'affilée. Pour l'enclencher il lui suffisait de faire glisser la fenêtre par laquelle le grand cerf voit un lapin venir à lui et frapper ainsi Cerf, cerf ouvre-moi ou le chasseur me tuera, et bien sûr le grand cerf, pris de pitié, ouvre au lapin qui entre et vient lui serrer la main. Moi c'est au chasseur que j'ai ouvert, bien obligée, puisqu'il vit chez nous désormais.

Il nous voit tout le temps. Il ne nous voit plus simplement boire et manger, il nous voit travailler, téléphoner, lire, réfléchir, parler, bâiller, tousser, nous gratter, nous habiller, nous chausser, nous déchausser, nous assoupir, nous embrasser. Il nous voit aussi nous énerver, parce que ça nous arrive encore de temps en temps, bien sûr, même si notre colère s'évanouit très vite dans la honte de nous donner en spectacle. Il nous voit faire notre lit et la vaisselle. Il n'y a que nos besoins qu'il ne nous voit pas faire puisque même Lou s'enferme maintenant aux toilettes. Et l'amour aussi, mais on ne le fait plus beaucoup ces derniers temps. Je n'arrive pas à m'habituer à cette façon ogresque qu'il a de laisser traîner ses yeux sur nos corps et nos visages. Il nous dévore vraiment du regard. J'ai l'impression que ses pupilles nous déshabillent, s'attaquent à nos vêtements puis à notre peau qu'elles arrachent. Il perçoit tout, même lorsqu'il n'est pas dans la même pièce que nous. Il doit présenter une hypertrophie généralisée des sens ou utiliser des cornets acoustiques pour écouter par le trou des serrures car il décèle le moindre mouvement, le plus faible de nos chuchotements. Lou le surnomme Ouïe de chouette depuis qu'elle a lu dans son *Okapi* que la chouette lapone peut repérer une proie à plus de cent mètres à travers quarante-cinq centimètres de neige. Comme elle, il se déplace sans bruit. Sa souplesse animale lui permet de glisser, disparaître à sa guise et resurgir ailleurs comme par magie. Il a dû suivre une formation de contorsionniste ou d'espion et apprendre à identifier les endroits où grince le parquet, car je ne l'entends jamais arriver. Il y a quelque chose d'exténuant à se savoir surveillé à chaque instant. Je pense aux hommes et aux femmes des tableaux de Hopper, seuls, assis au bord du lit ou du canapé, tête baissée, épaules voûtées, et j'envie l'abandon de leur corps qui, une fois la porte fermée, échappe à la société, se dérobe à ses regards autant qu'à ses jugements. C'est de ce relâchement que nous sommes privés.

Mais pour qui nous sommes-nous pris ?
À croire qu'on pouvait vivre comme ça,
Laver notre linge sale en famille,
Sans que la machine judiciaire s'en mêle,
Et que personne n'ait un droit de regard sur le programme.
L'État est là.
Qui nous surveille, mène la danse, triste ronde,
Envoie valser ce qu'on a construit et tout s'effondre,
Boum patatras.

Plus possible de voir qui que ce soit le week-end. Je ne m'imagine pas rendre compte de mes sorties au cousin, ni parler de lui qui m'obsède aux copains et encore moins le leur présenter. Morte de honte rien que d'y penser. Je n'ai donc pas d'autre solution que de décommander les rendez-vous et les invitations que je m'étais fait un plaisir de noter sur mon nouvel agenda papier acheté avant les vacances. La galette des rois avec Sophie et ses enfants, l'apéro avec Gaspard, la soirée pyjama de Lou et Joséphine, le dîner de filles prévu la semaine prochaine à la maison : j'annule tout par texto. Pianote le même message à tout le monde, prétexte chaque fois le Covid qui a bon dos. Éliette me recommande de prendre soin de moi, Jeanne me rassure : aucun souci, on trinquera à la nouvelle année quand j'irai mieux. Juliette, qui ne se doute de rien, elle non plus, puisque je ne lui ai rien raconté depuis les lettres, n'ai jamais osé lui parler du cousin, calcule que ma période d'isolement ne sera pas terminée pour son anniversaire et en déduit, dégoûtée, que je vais rater la soirée de ses quarante ans. Quel dommage en effet… Me voilà doublement punie. J'ai gardé pour la fin le mensonge qui me coûte le plus. Pas facile d'annoncer à mes parents qu'on ne se verra pas ce week-end et qu'ils vont devoir se faire rembourser leurs billets de TGV. Je sais pertinemment qu'on leur a manqué le 25 décembre, même s'ils se sont réjouis de savoir leurs enfants et petits-enfants réunis à Londres. Hier ma mère m'a envoyé une photo de son foie gras à la figue, assortie d'un J–2 en guise de légende. Elle qui trouvait déjà longuet d'attendre le 11 janvier pour fêter Noël… J'allume la radio avant de m'isoler dans ma chambre, porte fermée, pour l'appeler. Manquerait plus que le cousin m'entende mentir à ma mère. Ça sonne une première fois, une deuxième fois puis une troisième, et je prie pour tomber sur sa messagerie. Normalement le jeudi à 15 heures, elle joue au bridge. Mais elle décroche depuis sa table de jeu. Ma chérie ! Le grand sourire qui illumine sa voix fait vaciller la mienne tandis que je lui annonce la fausse mauvaise nouvelle. Oh ! et moi qui me faisais une telle joie ! Ton père aussi va être désolé… Mais bon, courage ma chérie, ce n'est que partie remise. Je raccroche, boule au ventre et clous au cœur.

Une fois la période de quarantaine écoulée, j'inventerai quoi ? On ira les voir à Aix, me console Alexandre. On dira aux enfants de ne pas leur parler de notre colocataire, et ça ira. Un jour à la fois, allez ne t'inquiète pas. De grands traits noirs lacèrent maintenant les pages de mon agenda et tous ces rendez-vous barrés me plombent le moral. Un désespoir caverneux m'assaille. La seule bonne nouvelle dans tout ça, c'est que je n'ai pas eu besoin de congédier Clara. Elle m'a écrit hier, navrée, que son emploi du temps du second semestre ne collait plus avec les horaires de la sortie d'école. J'aurais pu la rassurer : de toute façon maintenant nous avons un baby-sitter à demeure.

Une salle de bains pour quatre, ce n'était déjà pas facile, alors à cinq... Le cousin propose des tours, histoire d'éviter la queue le matin. Le programme qu'il affiche sur le frigo tient compte de mon organisation. À quoi bon me laver en premier à 7 heures si c'est pour rester télétravailler à la maison ? Ces jours-là, priorité à Gabriel puis Alexandre. Ça se défend, sauf qu'il ne régule pas seulement l'ordre de passage sous la douche. Je le découvre un soir, harassée, lorsque coule sur ma tête un jet glacé. J'ai beau me décaler sur le côté, tourner le mitigeur au-delà de 40 puis attendre, impossible d'obtenir autre chose qu'un filet tiédasse. Furieuse, j'attrape une serviette, sors en trombe de la salle de bains, me précipite dans la cuisine, ouvre la porte du placard où est planquée la chaudière, la referme et file dans le salon où je découvre Alexandre sirotant un verre de rhum sous l'œil désapprobateur du cousin qui m'annonce que dorénavant l'eau chaude sera coupée après 21 heures, et remise le matin entre 6 h 30 et 7 h 30. Cela devrait dissuader Gabriel de paresser trop longtemps dans la baignoire et surtout l'inciter à se réveiller à l'heure s'il veut prendre une douche avant de partir au collège, m'explique-t-il. Et puis vous, Amélie, cela vous évitera de devoir retourner trois fois dans sa chambre et de lui piquer couette et oreiller pour qu'il finisse par se lever, ajoute-t-il dans un sourire ironique.

Il régente tout désormais. Son objectif est clair : nous défaire de nos désordres, nos paresses, nous forcer à abandonner nos habitudes familiales qu'il juge mauvaises (et que nous avons quasiment toutes reprises aujourd'hui). Il estime trop tardif l'horaire de coucher de Lou et trop violents les dessins animés qu'elle adore. *Naruto* pas pour elle, *Les Aventures de Tintin* beaucoup mieux, mais alors pas plus de trente minutes, et tant pis si cela ne fait qu'un épisode et demi, explique-t-il à ma fille qui réclame la tablette, un mercredi. Il limite aussi le temps d'écran de Gabriel, récupère son portable à 21 h 15 tous les soirs, et je m'en réjouirais si je ne tremblais pas à l'idée qu'il ne nous confisque aussi le nôtre. Heureusement non, l'extinction des feux et du wifi ne concerne que les petits. Moi, c'est ma consommation de vin blanc qu'il contrôle.

Il m'a suggéré de ne plus en boire la semaine et de ne pas dépasser trois verres le week-end. Samedi, quand j'ai voulu me resservir, la bouteille n'était plus sur la table. Il surveille également le langage des enfants et les reprend quand ils nous parlent mal ou lâchent un gros mot. J'en peux plus, maman, se plaint un soir Gabriel, excédé, on dirait Pascal. Le philosophe ? Mais non, le grand frère, l'éducateur de *SOS ma famille a besoin d'aide* ! Ah... Moi j'ai l'impression de participer à *Super Nanny*, une émission du même genre, où une certaine Sylvie se mettait au service des familles débordées, accompagnait les parents pour leur permettre de regagner leur autorité, le respect de leurs enfants et ainsi retrouver l'harmonie dans leur foyer. Car il arrive que le cousin me fasse aussi la leçon. J'aimerais vous parler, Amélie, me lance-t-il un matin, peu de temps après son installation, alors qu'Alexandre et les enfants viennent de quitter la maison. Il a un air gêné que je ne lui connais pas et *Pas ce soir* à la main. Je me suis permis de vous emprunter votre dernier livre, quel langage cru ! Pourquoi donc utiliser le verbe *baiser* et à quoi bon répéter *bites* et *queues* à tour de bras ? Son sujet préféré, juste après l'orthodoxie langagière, c'est l'hygiène. Un dimanche, il s'enquiert de la fréquence à laquelle je change housses de couettes et serviettes, et comme ma réponse évasive ne doit pas le satisfaire, impose un lavage hebdomadaire. Rien n'échappe à sa vigilance, son incroyable vigilance. Il maintient ses radars allumés jusque dans les W-C. Un après-midi, je comprends en le voyant sortir des toilettes que Gabriel a dû arroser la lunette, lorsque je l'entends le sommer de la relever ou, mieux, de faire pipi assis, C'est plus propre pour tout le monde, tu sais, Gabi. Sa réplique me mortifie autant que mon fils, mais je me garde bien de la rapporter à son père qui se pique de bien viser. Honte au carré d'avouer ici qu'il régule alors jusqu'à notre façon d'uriner. Mais le pire, c'est qu'il vérifie que j'ai bien pris ma pilule. Comme je laisse ma plaquette en évidence sur la tablette au-dessus du lavabo justement pour ne pas l'oublier, il a tout le loisir de la consulter. Un jeudi, il m'a appelée depuis la salle de bains : Amélie, venez vite ! J'étais en train de prendre mon café, j'ai accouru, inquiète, et tout bonnement halluciné quand, de la mousse plein les joues, il a pointé du doigt le cachet blanc du mercredi, que je n'avais effectivement pas pris. Hors de moi, j'ai bien failli perdre mon sang-froid, l'envoyer au diable, lui demander de quoi il se mêlait, s'il n'avait pas l'impression de dépasser les bornes, d'outrepasser la mission pour laquelle il était mandaté, mais ses yeux noirs autant que le rasoir qu'il pointait vers moi m'en ont dissuadée. Il attendait sans bouger que j'obtempère, me comporte en mère raisonnable, bien consciente que deux marmots ça suffit, surtout quand on a la Protection de l'enfance sur le dos, alors, en brave chienne, j'ai obéi au maître, fini par percer l'opercule du mercredi et avaler le comprimé devant lui. L'épisode s'est reproduit un dimanche. Alexandre et les enfants étant à la maison, j'imagine qu'il a dû juger inconvenant de me rappeler à l'ordre devant tout le monde, car il a apporté sans rien dire la plaquette d'Optimizette dans ma chambre où je bouquinais, et cette fois-là j'ai rougi, mortifiée.

Difficile d'admettre que j'ai été cette femme-là, soumise, de guingois à force de plier l'échine. Jambes en flanelle, dos courbé, regard fou, à l'époque je ne suis plus moi. Je suis là mais pas là. Je fais de la figuration et découvre combien c'est difficile, combien d'efforts inimaginables cela exige, faire comme si de rien n'était, faire semblant et le faire en même temps que tout le reste, se lever, marcher, manger, parler, écouter, consoler, réfléchir, travailler. Je n'avais pas le choix, pourtant je m'en veux de m'être laissée assujettir ainsi, piégée avec enfants et mari. Incarcérés tous les quatre à domicile. Et pourtant aucun grillage, aucun cadenas, pas un barreau ne nous retenait. C'est en accompagnant Lou à l'anniversaire d'un de ses copains, un après-midi, que j'en ai pris conscience. Son ami Mattéo habite au 88, boulevard Arago et j'ai beau avoir consulté l'adresse sur Google Maps avant de partir, histoire d'arriver à l'heure, je ne l'ai pas remarquée, je n'ai aperçu que ses voisins, le jardin de l'Observatoire et l'hôpital Cochin, et même en me garant, je ne lui prête guère attention, tout occupée que je suis à réussir mon créneau. C'est en sortant de l'ascenseur, lorsque la maman de Mattéo m'ouvre la porte et me fait entrer dans le salon que je la découvre, saisie. La prison de la Santé. C'est la première fois que je la vois ainsi, que je la vois en vrai, par-delà son enceinte ocre, ses immenses murs en meulière vieux d'un siècle et demi sur lesquels se découpe ironiquement le bleu du ciel. Je la regarde de haut et j'ai l'impression de la narguer, de snober ces prisonniers qui marchent les uns derrière les autres, là, en bas, sous mon nez, juste devant moi, à moins d'une centaine de mètres, dans cette cour dite de promenade où s'élevait jadis une guillotine et qu'encerclent aujourd'hui des barbelés au milieu desquels agonisent une vingtaine de ballons crevés. Je ne m'attendais tellement pas à ce spectacle en venant ici. Déstabilisée et gênée. Je voudrais regarder autre chose que cette cour, ces détenus et ce mirador qui les surveille, j'essaie de porter mon attention ailleurs, m'efforce de m'intéresser à la table du goûter et au programme des festivités que décrit joyeusement la maman de Mattéo. En vain. J'ai beau détourner les yeux, tenter de les fixer sur la bibliothèque, le bar, la cuisine ouverte, ils reviennent se cogner comme des oiseaux contre la baie vitrée. Il faut dire que la vue plongeante sur l'établissement pénitentiaire est saisissante. Des hommes tournent, tournent en rond dans le sens inverse des aiguilles d'une montre, pour remonter le temps peut-être. On les entend, fenêtre fermée. Ils parlent fort, crient même, s'interpellent, tandis que d'autres, invisibles, participent à la discussion depuis leur cellule, hurlent à travers les grilles de leurs étroites meurtrières où l'air doit avoir bien du mal à passer, et j'ignore ce qui me dérange le plus, la clameur, ces cris de bêtes piégées, pas toutes résignées, dont la rage monte jusqu'à l'appartement de Mattéo, ou l'exiguïté de la cage dans laquelle elles tournent, tournent, n'en finissent pas de tourner. C'est à en attraper le tournis ! murmure un père debout à côté de moi, hypnotisé lui aussi par cette vue inattendue. Il porte une veste huilée, fermée par un col marron en velours côtelé, qu'il met peut-être à la chasse, et je ne sais si cette phrase indécente mais vraie qu'il marmonne, il l'adresse à lui-même ou à moi qui me décompose en silence, incapable de dissimuler l'effet que me fait cette prison vue du ciel. Yann Arthus-Bertrand aurait dû la photographier, succès assuré. Le petit a commencé à ouvrir ses cadeaux. Rubans et papiers jonchent le sol où s'éparpillent BD, mangas, Lego et Playmobil, parmi lesquels je reconnais la moto d'un policier. Jus, assiettes, gobelets et bols de bonbons encombrent la table déjà poissée de Coca et de Fanta, et je me demande si les enfants, lèvres luisantes et bouche pleine de fraises Tagada, jetteront un œil aux détenus, tout à l'heure, quand ils tendront leur assiette à la maman de Mattéo pour qu'elle leur serve une grosse part de ce gâteau au chocolat sur lequel trônent sept bougies que je devine magiques. Je ne poserai pas cette question à Lou. D'autres m'assaillent sur la route du retour. Comment fait donc cette famille pour vivre là ? Je n'arrive pas à imaginer le père et la mère de Mattéo prenant l'apéro face prison comme on le ferait face mer. Et pourtant cela doit bien leur arriver. Ces captifs se doutent-ils que d'autres gens, au-delà des surveillants, les observent à leur insu, exactement comme le cousin le fait avec nous ? Une toile de Van Gogh me revient soudain, *La Ronde des prisonniers*. Je l'avais découverte à la Fondation Vuitton dans la semi-obscurité d'une salle qui lui était exclusivement consacrée, le 17 octobre 2021, si j'en crois la date de mon post sur Instagram, et je la crois. Je me rends compte a posteriori qu'à ce moment-là le cousin nous avait déjà rendu visite. J'avais donc déjà la trouille. Est-ce pour cette raison que me hante encore cette ronde de détenus tournant dans une cour pavée, aveugle, sans ciel, sans espoir, au milieu de laquelle Van Gogh s'est glissé, braquant ses yeux dans les nôtres ?

J'avais été troublée d'apprendre qu'il l'a peinte à Saint-Rémy-de-Provence en 1890, suite à son séjour en asile psychiatrique, en se fondant sur une gravure de Gustave Doré que lui avait donnée son frère, Théo, parce que plus de sous, plus de papier, plus d'inspiration, plus rien, et que deux mois plus tard, deux mois après cette toile, il était mort. Est-ce que je vais mourir moi aussi, maintenant que je suis entrée dans la ronde ? Des primaires, comme les matons appellent ceux qui sont enfermés pour la première fois, des bagnards domestiques tombés dans un guet-apens, sans même sortir de leur appartement, voilà ce que nous sommes désormais. Heureusement qu'Alexandre m'a proposé de récupérer Lou en sortant du bureau, je n'aurais jamais pu retourner là-bas. Ce mercredi après-midi aura épuisé les dernières forces qu'il me restait.

J'ai, à l'époque, des ruses microscopiques et pathétiques, je m'en rends compte aujourd'hui. Je m'arrime vaille que vaille à nos crapettes, aux devoirs sur la table de la cuisine, à nos caresses fugaces, à nos baisers du soir et du matin, à tous les petits riens de notre quotidien d'avant lui. Écouter la radio en préparant le repas sous son nez, lire une histoire à Lou dans sa chambre avant qu'elle se couche, attendre, sans la presser, qu'elle se décide pour l'un des deux livres entre lesquels elle hésite, Am, stram, gram, pic et pic et colégram, alors que je sais pertinemment qu'il s'impatiente, l'œil rivé sur sa montre, de l'autre côté de la cloison, c'est la seule façon que j'ai trouvée pour résister. Pauvres parades. Mes rares rébellions se résument à lire sur Internet tout ce qui concerne les services sociaux, à remonter le chauffage dans son dos, à manger du chocolat et à fumer en douce. Intifada dérisoire car notre surveillant se montre de plus en plus exigeant, ne tolère plus le moindre faux pas et passe son temps à nous reprendre. Un mercredi, il me convoque carrément dans le salon pour me passer un savon. Comme Lou refusait de faire ses devoirs, je venais de la menacer de ne pas l'emmener au judo si elle ne s'y mettait pas. Que n'avais-je pas dit ! À peine avais-je terminé ma phrase que le cousin déboulait dans la chambre de la petite pour me demander de le suivre. Non mais oh, Amélie, ça ne va pas la tête ? Ce que vous venez de faire, cela s'appelle du chantage, figurez-vous ! Dois-je vous rappeler que le sport comme la nourriture ne doivent faire l'objet d'aucune punition, qu'il ne faut priver un enfant ni de dessert ni d'activités extrascolaires ? Surtout que Lou n'a rien demandé, si je ne m'abuse, c'est vous et vous seule qui avez insisté pour qu'elle apprenne la guitare et le judo comme son frère, non ? Il a fallu que j'admette qu'il avait raison et que je bredouille quelques excuses pour qu'il me lâche.

Un soir de février, le 14 février précisément, la tension monte encore. Je me souviens de la date car j'ai beau n'avoir rien à carrer de cette fête commerciale, je me revois préparer le dîner tout en trouvant pathétique de passer la Saint-Valentin avec un cousin pour chaperon. Le 14 février donc, une alarme stridente retentit dans l'appartement et fait sursauter le couteau qui entaille mon doigt.

Le potiron rougit, la planche et la crédence aussi sur laquelle gicle le sang. Ça coule partout, coule et sonne, sonne, n'en finit pas de sonner, alors, à bout, j'attrape un torchon, y enveloppe ma main blessée et sors en trombe de la cuisine. Inutile d'aller jusqu'à la chambre de Gabriel : le bruit provient du couloir ou plutôt du seuil de la salle de bains où tournoie une toupie. Je me baisse, reconnais mon vieux minuteur en forme de tomate et m'apprête à le ramasser quand la porte s'ouvre sur mon fils, furax. Non mais, tu le crois ? chuchote-t-il, torse nu, poings sur les hanches et hanches enroulées dans sa serviette. Il a décidé de limiter à cinq minutes mon temps de douche et pose exprès le minuteur sur le palier histoire que je sois obligé de sortir pour l'arrêter, m'explique-t-il, exaspéré, avant d'aviser ma main ensanglantée. De retour aux fourneaux, un pansement plus tard, je trouve le cousin dans la cuisine. Il a nettoyé le plan de travail, la planche, le couteau et la crédence qui brille autant que ses yeux où irradie une joie mauvaise, féroce peut-être même. Et il flotte sur ses lèvres un sourire sardonique. Gabriel ne prononce pas un mot du dîner, ce qui ne m'empêche pas d'entendre tout ce qu'il ne dit pas. J'entends son cœur, sa colère et la rage jumelle d'Alexandre, les entends battre au loin derrière ma propre panique. Mais ce qui m'inquiète le plus, c'est Lou que je n'entends plus. On dirait qu'elle a été purgée de sa joie. De nature si gaie, si bavarde, elle n'a désormais plus rien à raconter. Pas même à ses chevaliers. Petite fille sans histoire et très sage. Désarçonnée, muette, emmurée. Elle ne comprend rien, a donné sa langue au chat qui ne la lui rend pas. Et cette douleur d'ignorance la submerge au moment de se coucher, juste après le dernier, dernier baiser. Elle me demande maintenant tous les soirs si Cousin fait partie de notre famille et puis Dis maman, est-ce qu'il va dormir encore longtemps dans le salon ? Est-ce qu'on va déménager pour qu'il puisse avoir sa chambre ? Est-ce qu'il va rester avec nous pour toujours ? J'ai beau répondre par la négative à toutes ses questions en feignant la décontraction, Mais non, ma biche, voyons !, et Lou a beau étirer ses lèvres du plus grand qu'elle peut pour former un sourire très difficile à faire, un sourire d'avant lui, insouciant et rassurant, je sais qu'elle sait que je n'en sais rien, et sens bien que je lui mens de plus en plus mal. Moi aussi j'ai la hantise qu'il ne parte jamais, la hantise que nous ne soyons plus jamais quatre, la hantise que nous soyons quatre + lui toute la vie, jusqu'à la fin de nos jours. Car quatre + lui cela ne fait pas cinq. Cela fait peur, cela fait honte.

Le ménage, je n'ai trouvé que ça pour ne plus avoir le cousin sur le dos. Puisqu'il cesse de me surveiller quand je récure la maison, je me crée une armure avec la javel, l'Ajax, le vinaigre, les éponges, la brosse et les chiffons, je brique, frotte, lave, astique plus que de raison. Combien de temps tout cela va-t-il encore durer ? Une digue cède en moi, tandis que je nettoie ma chambre. Personne ne peut m'entendre grâce à l'aspirateur alors je m'autorise à craquer, cède à l'assaut d'un sanglot enfoui depuis trop longtemps, m'affaisse sur le plancher. Honte, peur, larmes, je laisse tout couler et pleure à l'abri du moteur. Jusqu'à ce que je sente dans mon dos la main chaude d'Alexandre que je n'ai pas entendu arriver. Courage mon amour, me réconforte-t-il avant de m'aider à me relever et de m'entraîner dans la salle de bains. Depuis quand ne m'a-t-il pas appelée mon amour ?

Une fois la porte fermée, il m'enlace, m'embrasse, m'assure que ça ira, me jure que le cousin va finir par s'en aller. Mon doigt affolé se lève pour lui faire signe de baisser la voix. Précaution inutile puisque l'aspirateur continue de vrombir dans la pièce d'à côté. C'est la meilleure couverture que nous pouvions trouver. J'en rirais presque si je n'avais pas encore envie de pleurer. J'aimerais croire Alexandre, mais je ne crois plus en rien, alors j'enfouis ma figure dans son cou chaud et doux, ferme les yeux un instant et hume le santal de son parfum qui lui au moins n'a pas changé. Tu sais, Amélie, je me fais du souci pour toi, lâche Alexandre en me faisant pivoter doucement en direction du miroir dont je fuis le reflet depuis plusieurs semaines. Comme je m'entête à garder la tête baissée, il prend mon visage entre ses mains et le relève face à la glace. Je le vois mais ne le reconnais pas. À qui peuvent donc bien appartenir ces yeux éteints que creusent des cernes violacés et ces lèvres asséchées, fendues par un eczéma qui remonte jusqu'au nez ? Pas à moi. Peut-être à Mme Parsons, la voisine de Winston qui vient sonner chez lui pour lui demander de réparer son évier. Comme elle, on dirait que de la poussière s'est incrustée au fond de mes rides. Tu sais, l'état dans lequel tu te mets nuit autant à ta santé qu'à l'avancement de notre dossier, se désole Alexandre. Alors s'il te plaît, reprends-toi, on va s'en sortir, mais pour ça, il faut tenir, on n'a pas le choix. Pense aux enfants, force-toi à faire bonne figure. Cette expression qu'il emploie me hérisse. Faire bonne figure, ça veut dire quoi au juste, tu m'expliques ? À quoi diable ressemble une bonne figure ? La mienne, livide, vide tout court, n'a rien de bon, et je n'ai pas besoin d'un miroir pour le savoir. Mais si, aie confiance, fais un effort, je t'en supplie, souris au moins, m'implore Alexandre. J'entends dans sa voix barbelée le même affolement que dans la mienne. Il a l'air accablé, si désespéré… Une tristesse abominable s'abat sur lui. La vérité, c'est qu'il n'en peut plus, lui non plus. Pauvres de nous, vieux chiffons, fiction de nous-mêmes. Une piqûre de pitié redresse mes épaules et bombe ma poitrine. Faut que je me reprenne, mon cœur, t'as raison. J'agrafe sur ma bouche un rictus de Joker, promets à Alexandre de feindre l'optimisme, d'employer des mots plus légers, moins suspects puis m'entraîne devant la glace pour lui prouver ma bonne foi. Je cache mon effroi sous le masque irréel d'un plaisir sans joie, me fabrique une expression de sérénité et parviens à mimer une gaîté empesée que je n'arrive plus à trouver depuis des semaines. Parée, allez, viens ! J'ouvre la porte, passe devant Alexandre et improvise une décontraction de pacotille en découvrant le cousin sur le seuil de notre chambre. Sourcils froncés, il affiche un air aussi réprobateur qu'étonné lorsqu'il avise l'aspirateur abandonné au pied du lit. Ni une ni deux, je me penche pour le récupérer, change de brosse et explique le plus naturellement du monde au cousin que je dois encore nettoyer les plinthes. Il ne comprend rien à cause du bruit, alors je crie pour lui demander de se décaler puis le remercie d'un sourire charlatan que craquelle à peine la crainte. Allez, promis, ce midi, s'il blague, j'essaierai de me marrer, tenterai au moins quelques éclats fragiles, juste pour l'imiter, faire genre la mère détendue, qui n'a rien à se reprocher. De toute façon nous ne sommes plus que des singes en livrée, les neurones gelés et les nerfs à vif. Des moutons de Panurge, captifs et inféodés, non des chèvres qu'un agent de la Protection de l'enfance tient par la barbichette et n'a pas besoin de menacer d'une tapette puisqu'elles ne rient plus.

À ma peau colle depuis deux mois maintenant un crachat dégoûtant de vérité cachée. Je ne fais plus rien à part mentir. Je mens à mon éditrice qui me demande gentiment des nouvelles, mens à ma mère, inquiète, qui trouve que je n'en donne pas beaucoup ces derniers temps et s'enquiert du programme des prochaines vacances, je mens à mon père qui a fini par poster les cadeaux de Noël, mens à mon frère et à mes amis chers. Maxime, Éliette, Sophie, Jeanne, Gaspard, Juliette, je vous mens à tous, pardon. La vérité honteuse et puante, seule Laure H. la connaît. Je lui ai téléphoné vite fait en cachette pour lui raconter que le cousin s'est installé chez nous. J'entends encore sa stupéfaction dans le combiné. Elle n'en revient pas. Alors là, Amélie, vous m'en bouchez un coin. La rumeur d'un projet pilote mené conjointement par les ministères de la Famille et de la Justice avait circulé, mais elle n'avait pas voulu y croire. Jamais elle n'avait imaginé, pas une seule seconde, Amélie, vous m'entendez, qu'ils puissent passer à l'action, mettre une telle mesure en application. Tant que tout cela restait dans un cadre légal et que nous n'étions accusés de rien, elle ne pouvait rien faire pour nous. Mais elle m'avait promis de mener sa petite enquête, de contacter quelques-unes de ses connaissances à la Protection de l'enfance. Et elle l'a fait. Merci, chère Laure. Savoir que vous veilliez sur nous à distance, que vous ne nous laissiez pas tomber, m'a donné du courage. J'ai gardé le texto que vous m'avez envoyé peu après : Quelle bande de pleutres, ils se réfugient tous derrière le secret professionnel. N'importe quoi ! Tenez bon. J'ai tenu, maître, vous voyez, et Dieu sait que j'ai tenté de percer ce foutu secret. Combien d'heures ai-je passées et perdues sur Internet à chercher si d'autres familles avaient été confrontées à la même situation que nous ? Je le faisais depuis le bureau pour ne pas sentir le cousin dans mon dos. Assistant social dans la famille, assistant social à domicile, un assistant social s'installe à la maison, un assistant social habite chez nous, un assistant social dort chez nous, un assistant social vit avec nous : j'ai tout tapé sur Google, et même utilisé plusieurs moteurs de recherche. En vain. Rien trouvé. Ni sur Yahoo !, ni sur Bing, ni sur Qwant, ni même sur DuckDuckGo. Rien de rien. Pas le moindre témoignage, pas la plus petite information. Je n'arrivais pas à y croire. Un soir, je me suis relevée pour rallumer mon téléphone, persuadée d'avoir trouvé pourquoi je faisais chou blanc. La faute au masculin, ai-je cru. J'ai donc recommencé toutes mes recherches en tapant cette fois *une assistante sociale*. Mais cela n'a rien donné de plus. Nous ne pouvons quand même pas être les seuls à avoir vécu une chose pareille ! Non, me confirme Laure H. Alors quoi ? Les gens ont peut-être trop honte de raconter ce qui leur est arrivé. Exactement comme nous, qui l'avons caché à tout le monde. Oui, l'opprobre les bâillonne sans doute eux aussi. Cela expliquerait pourquoi tout le monde se tait.

Quatrième partie

Équeuter, éplucher, écosser, émincer, râper, peler, et chaque jour ou presque recommencer. J'y passe un temps fou dans cette cuisine depuis que Clara est partie. Je ferais mieux d'acheter davantage de surgelés. Perdue dans mes réflexions ménagères, je n'entends pas le cousin arriver. Son sourire prend les devants. Je vais vous aider, décrète-t-il en entrant dans la cuisine, à deux ça ira plus vite. Je suis fatiguée, j'en ai plein le dos, tout me pèse, même ce kilo de haricots, alors je ne dis pas non. Je dis merci, merci tout court, et bien sûr il répond qu'il m'en prie, Je vous en prie, Amélie. Cette tenue bleue assortie à vos yeux vous va à ravir, déclare-t-il le plus naturellement du monde, en ouvrant le tiroir à couverts. La ficelle est un peu grosse, vieille comme le monde et tout effilochée. Pourtant son compliment me cueille. Et me trouble. Il ne lui a pas échappé que ma chemise est nouvelle puisqu'il voit tout, alors qu'Alexandre, lui, ne l'a pas remarqué. Où l'avez-vous achetée ? s'enquiert-il. Le voilà qui pose couteau et ciseaux sur la table, tire un tabouret, le fait pivoter, se penche au-dessus de moi, et effleure ma nuque juste avant de s'asseoir. Un geste bancal, juste un frôlement et son souffle un instant. Sursaut. Mes poils se dressent immédiatement, chair de trouille. En moi s'abaisse une barrière, tout se verrouille. L'air change de consistance et je sens sa tangibilité. J'ai soudain la conviction que quelque chose de définitif va se produire. Oui, c'est sûr. Sûr et certain. C'est la première fois depuis cet après-midi de septembre où il a débarqué chez nous que nous nous retrouvons tous les deux, rien que tous les deux. Oh bien sûr, cela arrive le jeudi et le vendredi lorsque je télétravaille, mais ces jours-là je m'installe dans ma chambre pour lui laisser le salon, évite de déjeuner, m'arrange pour ne pas rester avec lui dans la même pièce jusqu'au retour des enfants en fin d'après-midi. Et le soir, le mercredi, le week-end, il y a toujours Alexandre, Lou ou Gabriel pas loin. Là, non. Là, il n'y a personne à la maison, personne entre nous. Cette façon insistante qu'il a de me fixer me met mal à l'aise. Une veine se réveille à ma tempe, qui bat, bat tandis que mon cœur pulse jusque dans mes doigts. Impossible de les remuer tout à coup. La main que le cousin plonge dans le sac tombe sur la mienne. Plaquée dans un plastique, plus bouger. Surprise, incapable de me dégager quand il raffermit sa prise. Je cherche un refuge dans les épluchures, les striures du plan de travail, la blancheur des murs et les plis du pull gris que Lou a oublié de ranger, mais cela ne suffit pas à me calmer. Quelque chose passe de son corps au mien. De sa paume qu'il relâche enfin s'évade un frisson très ancien, venu de loin, qui l'égare et me tétanise. Il faudrait que je m'indigne, que j'aille puiser au fond de moi un peu de colère, mais ça non plus je n'y parviens pas. La crainte des représailles m'entrave autant que l'étonnement. Sidérée. J'ai l'étrange impression de le voir sous un jour nouveau. Clarté crue. Cruelle. Il me dégoûte et pourtant ses longs cils découragent ma rage, l'ourlet parfait de ses lèvres désamorce ma haine. Son visage dégage une beauté douloureuse qui m'est familière. J'ai soudain la conviction confuse et pourtant lancinante de l'avoir déjà vu. Mais oui ! Me voilà ahurie de coïncidence. Jamais je ne m'étais rendu compte à quel point il ressemble à mon premier amoureux. Et d'ailleurs aussi à d'autres qui lui ont succédé, avec lesquels Alexandre n'a absolument rien à voir. Physiquement, il est mon genre, je le reconnais. Dans d'autres conditions il m'aurait plu, c'est indéniable, et cela ne peut pas être un hasard puisque rien ne relève du hasard depuis le début dans cette histoire. Cela serait le moment d'avoir avec lui une conversation à peur ouverte. Trop tard. Il se lève, repousse son siège, me regarde encore une fois et ce sera la dernière comme ça. Son silence trace une frontière que nous ne franchissons pas. Pourtant il ne m'empêche pas d'entendre les quatre mots que retiennent ses lèvres pincées : Ça reste entre nous.

Quand le réveil sonne le lendemain matin, aucun courage de me lever et encore moins de parler au cousin. Lire, plutôt. J'ai racheté *1984* dans la nouvelle traduction qu'en a faite Josée Kamoun au présent et une phrase s'est fichée en moi, flèche en pleine cible : « Ils peuvent mettre au jour tout ce qu'on a dit ou fait, voire pensé, dans les moindres détails. Mais le cœur de l'homme, énigme pour lui-même, demeure inexpugnable. » Je me suis arrêtée hier au moment où Julia tombe aux pieds de Winston qui vient de quitter sa cabine du ministère de la Vérité où il est chargé de récrire l'Histoire. Quand elle s'effondre devant lui dans le couloir, il ressent l'étincelle d'une curieuse émotion car il croit voir étendu par terre l'ennemi qui cherche à le tuer, mais cette jeune femme à la ceinture rouge est aussi un être humain qui s'est peut-être cassé quelque chose. Alors il l'aide à se relever, et c'est le moment qu'elle choisit, folie ! car ils sont juste devant le télécran, pour lui glisser un papier au creux de la main. Une feuille pliée en quatre, un petit bout de rien du tout, qu'il imagine porteur d'un message politique ou d'une menace, d'une semonce, d'un piège, mais sur lequel elle a en fait écrit trois mots qu'il découvre, sidéré, trois mots explosifs qui allument un incendie dans ses tripes en même temps que dans les miennes, et qu'il ne résiste pas à la tentation de relire, une fois revenu à son poste, avant de jeter le papier compromettant dans le trou à mémoire, malgré le danger qu'il prend de manifester un intérêt excessif face au télécran ; trois mots qu'Alexandre ne me dit plus, même dans son anglais pudique, depuis que le cousin s'est installé chez nous : je t'aime.

Quelque chose d'ensommeillé s'est réveillé en moi, palpite maintenant au creux de mes reins et m'électrise. 100 0000 volts. Ce soir j'ai envie de faire l'amour et peut-être que c'est tricher, avoir envie de faire l'amour tout court plutôt qu'avec Alexandre, mais tant pis, ça doit lui arriver à lui aussi parfois. Il l'a senti. Je n'ai pas besoin de me rapprocher de lui, ni de lui demander d'enlever le caleçon qu'il porte toujours pour dormir, même quand il fait quarante degrés. Il est déjà là, nu, derrière moi qui termine de me déshabiller et entreprend de m'aider. Dézippe ma jupe, la laisse glisser sur le sol, dégrafe mon soutien-gorge et puis. Ses mains hâtives sur mes seins et sa bouche dans mon cou, sa langue sur ma peau et son souffle court dans mon oreille, et mon oreille entre ses dents. Un frisson galope à travers mon corps quand il la croque puis s'accroupit pour me lécher à travers la dentelle, mais non, envie qu'il me prenne direct, alors je lui dis Prends-moi, prends-moi fort, et puisque mes désirs sont des ordres, il s'exécute, enlève ma culotte, me pénètre, va et vient, d'abord doucement entre mes reins et puis fort, de plus en plus fort, m'arc-boute, va et vient, s'enfonce encore un peu plus loin et puis stop. Ben quoi ? Alexandre se retire, lâche mes hanches. Écoute, immobile. Mime un Chut ! muet, index sur la bouche et queue triste déjà. Le couloir plongé dans le noir soudain s'éclaire, on le devine au rai de lumière qui filtre sous notre porte. C'est lui ! Je le sais, le sens, l'entends, là, juste de l'autre côté. Le battement de ses pieds sur le parquet agace le silence. Hésite-t-il à toquer ? En tout cas il attend. Je ne sais pas quoi, mais il attend. Et nous aussi, on attend. Sans bouger, ni se regarder. Les yeux rivés à la porte, tendus dans la peur qu'elle s'ouvre. Mais non, ses pas s'éloignent, la lumière s'éteint. Entracte terminé. Il n'y aurait qu'à reprendre là où on en était. Mais impossible de baiser après ça. Exactement comme lorsque Gabriel s'allongeait devant notre porte autrefois et même Lou, il n'y a pas si longtemps, avec un *J'aime lire* ou une BD, le dimanche quand la grasse mat' s'éternisait, et qu'on ne pouvait pas les gronder parce que effectivement ils respectaient l'interdiction formelle de nous réveiller. Alexandre se couche, allez viens, alors je fais comme lui, me blottis dans ses bras. Est-ce que c'est permis, ça ?

J'ai décidé d'aller marcher. Le froid écorche ma peau. La nouvelle saison ne m'a pas conviée, c'est le printemps dehors et l'hiver en moi. Je n'en reviens pas. De la normalité du monde, du temps qui continue sans nous et a filé si vite. Janvier, février et voilà déjà mars qui fait exploser les boutons roses des cerisiers. Bientôt viendront le printemps puis l'été. Faudra-t-il les passer avec lui ? Dans l'air flotte une douceur qui distille une joie sans raison. Rien n'a changé dans le quartier. Marché mardi, jeudi, dimanche et queue devant la boulangerie chaque soir, à l'heure de la baguette chaude. Tant de choses nous distinguent aujourd'hui des autres, des milliers de kilomètres nous séparent de toutes ces familles qui vivent pourtant là, juste à côté de nous. Je regarde les gens dans la rue, aux terrasses des cafés, et même si je ne les ai jamais vus, je les reconnais. À leur air dégagé, leur tête haute, leur dos droit, leurs épaules en arrière. Ils ont le corps d'une autre vie, sans surveillance. Ils sont libres. Oui, même pressés, même stressés, même masqués, même malheureux, même quand ils vapotent ou tirent sur leur clope, ils sont libres. Moi je suis enfermée dans un livre. Ou plutôt dans deux. *1984* et *Surveiller et punir*. Bienvenue chez nous, Big Brother et panoptique à domicile. Est-ce que je deviens folle ? Les garçons disent parfois que je les bassine avec mes romans, que je ne fais que lire et que de toute façon quand je ne lis pas, j'écris, enfin ils ne me le disent pas comme ça, mais ils me le font comprendre, me coupent, se mettent soudain à parler de foot, Et tu sais Neymar… Et le Ballon d'or, tu crois que qui l'aura cette année ? Alors peut-être que je l'ai bien cherché. Peut-être que la fiction m'a aspirée, moi et les miens, et qu'elle va maintenant nous dévorer.

Je n'entends pas mon amie me héler et il faut qu'elle ôte son masque blanc à cœurs rouges pour que je la reconnaisse. Juliette ! Mais bon sang, combien de messages je t'ai laissés depuis janvier ! s'exclame-t-elle. On ne s'est pas vues depuis… Une éternité ! Quatre mois, compte-t-elle. Tu te rends compte ? Juliette ne me demande pas si ça va, elle voit bien que ça ne va pas. Mais qu'est-ce qu'il t'est arrivé ? s'exclame-t-elle, comme si j'étais méconnaissable, comme si je me relevais tout juste d'un accident, et c'est peut-être le cas, au fond. Je ne sais que lui répondre, alors j'invoque la fatigue. C'est pratique, la fatigue. Le stress aussi. On fait quelques pas sur le trottoir et elle m'entraîne à la terrasse du bistro juste à côté. Je prétexte du travail, mais Oh, ça va, t'as bien dix minutes pour un café, et comme le serveur passe, elle en commande deux d'office, un long pour elle, un serré pour moi, sans me laisser le choix, et cela me plaît qu'elle me brusque comme ça, me rudoie un peu, me force à m'arrêter, à lui parler. Je m'assieds, la regarde, une courroie lâche en moi à ce moment-là, un barrage se fissure. Durant un instant qui me paraît infini alors qu'il ne dure sans doute qu'une dizaine de secondes, j'hésite, suis tentée de tout lui déballer, là, devant les étals du marché. Lui raconter tout ce qui s'est passé depuis le jour où le cousin s'est pointé à la maison, tout ce que je lui ai caché, pourquoi je ne suis pas allée à sa fête d'anniversaire en janvier. Et puis finalement non. Quelque chose en moi se ravise. Impossible de prononcer ces pauvres mots qui n'ont rien à voir avec nous, *détresse*, *violence*, *souffrance*, *suspicion*, et les malfaiteurs qui leur sont associés, *enfants fragiles*, *placés*, pas le courage d'improviser des phrases qui nous condamnent. Trop peur que Juliette doute, qu'elle nous envisage même un seul instant comme une famille dysfonctionnelle, me voie comme une mère indigne, maltraitante, marâtre, et s'imagine mes enfants une vipère au poing. Alors je mens. Et pour que Juliette n'aperçoive pas l'image indélébile du cousin tatouée au fond de ma pupille, je baisse les yeux, l'enfouis dans ma fatigue et ma colère. On parle du boulot, des enfants, du Covid et puis c'est tout. Allez, faut que j'y aille. Juliette m'embrasse, me fait promettre qu'on se reverra vite et ne remarque pas que je croise les doigts.

Les enfants s'arrangent maintenant pour parler au cousin le moins possible. Les phrases retenues dans les regards qu'ils me jettent me dévastent. Je devine leur crainte aux ongles rongés de Lou, au tremblement des cuisses de Gabriel, à la lourdeur de leurs épaules, au raidissement infime mais permanent de leur nuque. Tous ces efforts déployés pour cadenasser nos réactions, bâillonner nos bouches, figer nos figures, immobiliser nos bras, et nos pieds qui plus jamais ne battent la mesure... Nous avons réussi à apprendre un corps nouveau, sans rire, sans cri, sans trace, sans écho. Mais à quel prix ? Ce n'est plus du cousin que j'ai le plus peur maintenant, mais de nous. De ce qu'il nous pousse à être. Des charlatans, des inconnus, des parents et des enfants gâchés dans une maison morte. Alexandre ne sifflote plus en se rasant, Gabriel n'écoute plus de musique, Lou ne chante plus quand elle joue et ne recharge même plus sa boîte à histoires. Moi je n'écris plus, n'ose plus me relever pour reborder Lou alors que caresser ses cheveux dans son sommeil, admirer l'enfance endormie qui s'éternise dans le bombé de ses joues et de ses poignets reste l'une des choses que je préfère au monde. Mais le pire, c'est que nous ne savons plus quoi nous dire même en dehors de l'appartement. Il ne nous reste plus que des discussions laconiques et de pitoyables conversations météorologiques. Je m'en rends compte en allant chercher ma fille à l'école, un vendredi. Je ne peux m'empêcher de pester contre le froid et vois bien que nous ne réussissons pas à apprécier notre petite virée dans notre salon de thé préféré. T'es sûre que ça ne fait pas trop ? me coupe Lou, tandis que je commande au serveur trois macarons et deux chocolats chauds. L'entendre répéter entre chaque bouchée On ne lui dira pas, hein maman ? me désespère. Le cousin n'a plus besoin de faire quoi que ce soit désormais. Il nous a contaminés, colonise nos corps et règne en maître absolu sur notre pensée qu'il entrave autant que notre langage. À quoi bon s'échapper si ce n'est pas pour se sauver, si, même absent, cet homme reste avec nous, en nous ?

Depuis six mois, faire comme si.
Comme si je n'étais pas sous surveillance,
Une pauvre mère soupçonnée de maltraitance
par la Protection de l'enfance.

Je voudrais que tout s'arrête.
Recommencer notre vie d'avant.
Avant le 119, avant lui, avant cette folie.
Quand tout cela cessera-t-il ?
Trajic a refusé de me le dire, hier, quand je
l'ai appelée.

J'accumule la haine en silence.
Pourrais la toucher,
Et sens bien qu'elle va finir par éclater.

L'été approche à grands pas, dans trois mois on y sera. Mon frère m'a appelée, à midi, pour me proposer de louer un appart' au Touquet, la deuxième quinzaine de juillet. Le même qu'il y a trois ou quatre ans, tu vois ? Mais si, tu sais, celui sur la digue, un peu avant le Fontainebleau, juste en face d'Hélio Plage, comme ça les cousins pourront aller au club à pied. Quand il a dit ça, je me suis affolée, demandé comment il savait, avant de comprendre que c'était de nos enfants qu'il parlait. J'ai dit oui, Oui, bien sûr, avec joie. Mais Maxime n'a pas dû la sentir, cette joie, au bout du fil, parce qu'il m'a demandé confirmation. J'ai répondu Oui, en feignant l'entrain, alors que sûre de rien. Notre cousin à nous nous laissera-t-il partir ? Et s'il nous obligeait à rester à Paris pendant les grandes vacances, ou, pire, venait avec nous au Touquet ?

Je crois que ce sont les silences laineux de nos soirées, cette douceur muette dans laquelle on s'enveloppait tous les quatre, qui me manquent le plus. Je n'en peux plus de ces repas à cinq. Et ces soirées à trois ! Se retrouver face à lui, une fois la table débarrassée, la petite endormie et le portable du grand confisqué, c'est cela le plus dur. Alexandre se fait un point d'honneur de ne pas déserter le salon où il continue de traîner avec son rhum et sa tablette. Je suis chez moi, que je sache, me murmure-t-il lorsque je m'en étonne, Mais comment t'y arrives ? Moi, lui faire la conversation pendant qu'il sort son attirail, installe sa pompe, déplie son sac de couchage et son matelas, puis le regarder le gonfler tranquillement, comme si de rien n'était, comme si nous l'avions invité à l'une de ces soirées pyjamas dont Lou avait le secret, il n'y a pas si longtemps, je ne peux pas, c'est au-delà de mes forces, alors je vais me coucher. Au fond de mon lit, c'est encore là que je suis le mieux. La moins mal, disons.

Je voulais que tout s'arrête et, ironie du sort, voilà, que c'est moi qui m'arrête. Clouée à mon lit, crucifiée au matelas. Hier, quand le réveil a sonné, impossible de me lever. J'en étais physiquement incapable. Dos en compote, bras ballants, taches devant les yeux. J'ai fait plusieurs tentatives mais tout tournait. Jambes en coton et gueule de bois à jeun. J'ai réussi à me traîner à quatre pattes jusqu'aux toilettes et à relever la lunette in extremis. Tête dans la cuvette, j'ai vomi en fermant les yeux pour ne pas voir ce que je rendais, la peur, la haine, les ressentiments qui m'étouffaient, tout ce qui m'écœurait depuis des semaines et dont je ne voulais plus. Ça a duré longtemps. Quand ça s'est arrêté, j'ai tiré la chasse, mais tout de suite ça m'a repris. Je me suis remise à dégueuler alors que je n'avais plus rien à rendre. C'était une bile jaune aux reflets verdâtres, une sale petite flaque où surnageait ma flippe. C'était le dégoût. Un dégoût immense. De lui, de nous, de tout. De moi surtout. Et ça, comme d'un fait exprès, la seule semaine de l'année où Alexandre part en déplacement pour voir des clients. Il m'appelle de Bruxelles et je minimise, ça va aller. Mais ça ne va pas, pas du tout. Alors ce matin, au deuxième jour, quand j'ai vu qu'il m'était toujours impossible de tenir debout, je me suis rendue. Du fond de mon lit, j'ai appelé SOS Médecins qui n'a pas su identifier ce que j'avais, ni le Covid ni la grippe, mais qui m'a trouvée épuisée, m'a prescrit des vitamines et du Doliprane, ça merci, j'en ai, avant de me signer un arrêt de travail d'une semaine. J'ai téléphoné à ma cheffe, en m'excusant plus bas que terre de la planter en plein bouclage, lui ai expliqué dans quel état j'étais avec une voix que faisait trembler la honte, puis j'ai raccroché. Je me revois ensuite couper la sonnerie de mon portable, le poser sur la table de nuit, puis ne me souviens plus de rien.

Après ça, naufrage. J'ai sombré dans un sommeil qui, selon Gabriel, ressemblait au coma. Les courses, les repas, les devoirs, l'histoire du soir, le cousin a tout fait. C'est ce que les enfants m'ont raconté. Lou m'a dit que son frère et elle s'étaient relayés auprès de moi quand ils rentraient de l'école, qu'elle avait posé sur mon front bouillant son gant de toilette Petit Bateau en forme de poisson qu'elle adore, sûre et certaine qu'il me guérirait, et tu vois, maman, ça a marché. Je sais que le cousin aussi ne m'a pas lâchée, qu'il restait avec moi la journée. Ça, personne ne me l'a dit, mais je le sais. Je le sentais, depuis le brouillard lointain et cotonneux dans lequel j'errais. Paupières closes, je le voyais, lui qui voit tout, entend tout, assis en face de mon lit, sur le vieux fauteuil vert à oreilles que j'ai hérité de ma grand-mère. Il m'a veillée. Après m'avoir tant surveillée, il a veillé sur moi. Le préfixe est tombé en même temps que moi. Tous les deux à terre, terrassés. Il me veillait tandis que je dormais, dormais.

J'ai dormi trois jours sans discontinuer et sans bouger. C'est la première chose que m'ont dite les petits quand je me suis réveillée. Alexandre a confirmé. Inquiet que je ne réponde plus ni à ses appels ni à ses textos, il a fini par téléphoner à Gabriel et sauter dans le Thalys le mercredi. Il m'a expliqué ça, dès que j'ai ouvert les yeux, ça et mille autres choses sur son voyage. L'échange de son billet de train, les clients qu'il avait rencontrés, ceux qu'il n'avait pas pu voir, son boss furieux, sa culpabilité, tout ça, je n'en n'avais rien à faire, moi, je voulais juste savoir où était le cousin. Il est où ? ai-je demandé. Alexandre et les enfants assis autour de moi, sur le lit, se sont tus soudain. Se sont regardés. Et j'ai compris. Avant même qu'ils me répondent, j'ai compris. Tout de suite compris. À leur air incrédule, leurs yeux effarés, à leurs têtes, leurs drôles de têtes de survivants, j'ai compris qu'il était parti. PARTI ! Et comme eux, je n'ai d'abord pas voulu y croire. Pas osé. Non ! Pas possible. Parti, vraiment ? Vraiment parti ? Vous êtes sûrs ? Mais comment ça, parti ? Parti comme il était arrivé. Sans prévenir. Gare à nous, quand même, non ? Mais non ! Lou m'a rassurée, affirmé qu'il ne fallait pas que je m'inquiète, expliqué qu'il avait récupéré toutes ses affaires, son sac de couchage, sa pompe, son matelas gonflable, mais aussi sa serviette, son rasoir, plus sur la tablette, et sa brosse jaune, plus dans le verre à dents, Alors tu vois, maman, qu'il est parti pour de vrai. Gabriel a précisé qu'il avait retrouvé la clé du cousin en évidence sur la table de la cuisine, avant d'ajouter que le programme des tours de douche affiché sur le frigo avait disparu, tout comme la photo que sa sœur avait prise d'eux trois au Parc des Princes, doigts en V, le soir de la victoire du PSG, Tu te souviens ? Alexandre qui n'avait pas remarqué a tenu à aller vérifier sur la porte d'entrée. Plus de Polaroid en effet, a-t-il déclaré, contrarié, avant d'en déduire que par conséquent rien, absolument rien, ne prouve que le cousin a séjourné chez nous. On pourrait croire que ce type n'a jamais existé, que nous avons tout inventé. C'était sans doute trop, trop d'infos pour la femme fatiguée que j'étais, alors je me suis rendormie. Le corps et le cerveau saturés de soulagement.

Je suis seule à la maison, personne ne me voit petit-déjeuner, personne ne me voit traîner en chemise de nuit, personne ne m'espionne. Alors je prends mon temps pour la première fois depuis longtemps. C'est un temps nu, sans regard. J'ai l'impression de découvrir cet appartement vide redevenu le mien, le nôtre, même si je n'ose encore y croire et sens planer le fantôme du cousin. Mais si, c'est fini, il est parti, c'est fini. La phrase se répète en silence dans ma tête et m'étourdit tandis que je me promène dans le salon, dans la chambre de Gabriel dont le lit est fait, ô miracle, et dans celle de Lou qui n'a pas encore recommencé à chanter ni à siffloter mais parle de réinviter sa copine Joséphine le week-end prochain. Partout plane un parfum troublant que je ne reconnais pas, même en me concentrant. Allez, réessaie, respire, respire encore. Ah, mais bien sûr, c'est l'absence du cousin, l'odeur de la paix qu'on nous fiche enfin, dont je m'enivre à n'en plus finir. Je pourrais faire une vie avec ça. Rester là, sans bouger. Juste à humer ce calme enveloppant qui ressemble à s'y méprendre à la beauté. C'est la vie, notre vie rien qu'à nous, qui nous est rendue. Il y a quelque chose de convalescent, de tremblotant, mais bien réel tout de même dans cette accalmie soudaine, cette tranquillité retrouvée qui me grise. J'ai l'impression de revivre et je me le dis avec ce mot exagéré, comme si j'avais failli mourir.

Le week-end suivant a des airs de sursis. Pouvoir faire ce qu'on veut, tout ce qu'on veut quand on veut, cela semble peut-être idiot, mais c'est vertigineux. Affamée de lendemains, besoin de soleil, envie de devancer l'été que nous passerons donc sans lui. Pique-nique, ça vous dit ? Cavalcade, cris de joie, cliquetis de clés. Alexandre grommelle OK avant de descendre chercher du vin à la cave, Gabriel râle, claque sa porte, m'envoie balader, et je chéris ces bruits, tous ces grelots de la normalité. Aussitôt dit, aussitôt prêts. Paniers dans l'ascenseur et bras dessus bras dessous jusqu'au parc. Là, parfait, meilleure place. Nous étendons nos paréos sur la pelouse qui, elle, a profité d'un repos hivernal, puis Lou file aux rochers d'escalade, Gabriel sort son ballon et Alexandre son journal, tandis que je m'allonge, ferme les yeux… Et les rouvre d'un coup. Stupeur. Mes coudes se replient, mon buste se redresse et voilà que mes jambes se jettent en avant puis courent, courent malgré moi. Impossible de les arrêter. Vite dévaler la pente, vite contourner les ruches, dépasser la statue de Brassens, vite sortir du parc, trébucher sur la place pavée où trônent les taureaux, vite descendre la rue de Cronstadt, traverser sans attendre le vert, vite le Digicode, 1801A, vite l'escalier, quatre à quatre, essoufflée, clé dans la serrure et tant pis pour la police des chaussures. D'abord chercher dans la cuisine, puis le salon. Rien sur le canapé, ni sur la table basse, dans ma chambre alors. Rien non plus sur mon bureau, ni sur ma table de nuit, dans mon lit peut-être. Retourner les coussins, soulever la couette. Mais oui, il est là, ce fichu portable ! Index trop suant pour déverrouiller avec Touch ID, alors je saisis le code 231106, m'y reprends à deux fois, 231106, voilà. Je clique sur Contacts, tape la lettre C dans la barre de recherche du répertoire, puis O, U, et finis par écrire en entier son nom, enfin son surnom, son pseudo plutôt, Cousin. J'avais enregistré son numéro après son texto nous donnant l'autorisation d'aller à Londres pour Noël. Mais non, rien. Son 06 a disparu. Ce n'est pas vrai. Je réessaie. En vain. Il a dû subtiliser mon téléphone lorsque j'étais malade et tranquillement supprimer sa fiche pendant qu'il me veillait. Oui, c'est sans doute aussi simple que ça. Et moi qui ai bêtement cru pouvoir le coincer… Le cousin n'a donc vraiment rien oublié, rien laissé derrière lui. Rien de rien, nada. Pas même une rognure d'ongle. Nous n'avons absolument aucune trace de sa venue chez nous. Aucune preuve. Une déception patinée de dépit perfore ma poitrine. Est-ce l'effet de la vexation, du sprint ou de la surprise ? Je ne sais pas, et pour tout dire, je m'en fous. Soudain m'étreint une gaîté muette, sauvage, sans queue ni tête. Il y a quelque chose d'étourdissant, de grisant même dans cette allégresse inattendue qui me traverse. Alors tout bas, rien que pour moi, au beau milieu de ce salon esseulé, je murmure des mots immémoriaux, des mots oubliés qui osent la gratitude et la joie. Je les prononce d'abord timidement puis les répète, les répète, les scande de plus en plus fort, de plus en plus vite. Les psalmodie jusqu'à la lie puis m'enfuis, claque la porte avant que l'ivresse soit trop forte, dévale l'escalier et débouche tout étourdie rue de Vouillé. Il n'y a pas un chat dans le quartier. Les quelques personnes assises en terrasse paraissent immobiles, de même que le serveur debout avec son plateau en équilibre. Dorment-ils ? Ils ne bougent pas en tout cas. C'est beau et terrifiant à la fois. À croire que ma joie a fossilisé le monde.

Une envie pressante ? se moque gentiment Gabriel, quand je reviens. J'acquiesce, car c'est tout à fait ça, et ne peux m'empêcher de l'interroger : Tu as toujours le numéro du cousin, toi ? Ben non, maman, je ne l'ai plus évidemment ! Qu'est-ce que tu crois ? s'exclame-t-il avant de se radoucir. Mais ce n'est pas grave, de toute façon on n'en a plus besoin, si ? Non, mon chéri, tu as raison, on n'en a plus besoin. Vraiment plus. On ne saurait mieux dire. Je retrouve ma place sur la pelouse, juste en dessous du marronnier, entre Alexandre assoupi et Lou plongée dans un *Anatole Latuile*. Je voudrais penser à autre chose, mais c'est à lui que je pense. Combien de temps faudra-t-il pour que son souvenir m'oublie, pour que cesse cette oscillation permanente entre le vertige de la perte et de la libération ? Heureusement Lou éclate de rire. J'ignore pourquoi, si c'est à cause d'Anatole ou du chatouillis d'une herbe plus folle que moi, mais la cascade de son merveilleux rire me submerge, me secoue, et la contagion de sa gaîté me sauve. Ses yeux lancent des éclairs de tendresse qui zèbrent l'air, allument une de ces excitations printanières dépourvues de raison particulière et pourtant capables de nous rendre invincibles, de nous convaincre que quelque chose de grand nous attend, que le meilleur est à venir, qu'il va surgir dans un instant, là tout de suite maintenant. Et effectivement nous y sommes. C'est le présent et le futur aussi soudain. Le temps des possibles. Un temps rien qu'à nous. Le temps d'autrefois, sans lui, le temps des matins souples et des après-midi paresseux. Il faut fêter ça ! Je sors les provisions du sac, les assiettes, les couverts, le fromage, le jambon, les tomates. Et puis les verres. Quatre suffiront. À chacun sa boisson : Bud pour Alexandre, Coca pour Gabriel qui veut tremper ses lèvres dans la bière de son père, Fanta pour Lou qui réclame quand même avant une goutte de Coca et vin blanc pour moi. Pas trop fruité ? m'interroge Alexandre avant de le goûter. Je ris. Nos verres ont de toute façon tous le goût de la liberté aujourd'hui. C'est trop de joie et de soulagement d'un coup. Ému, Alexandre lève sa canette, haut, très haut, au-dessus de sa tête et lance un On trinque ? si insouciant que nul ne pourrait imaginer qu'on a déjà bien trinqué ces derniers mois. Alors oui, on trinque. Tchin ! Et puis on se rallonge dans l'herbe. Côte à côte. Rien ni personne entre nous. Nous quatre seulement. Ciel contre cils.

Épilogue

Paris, le 5 juillet 2021

Madame et Monsieur Cordonnier
[redacted] 75015 Paris

Madame, Monsieur,

Le service social de Proximité a été saisi d'une information concernant vos enfants dans le cadre du dispositif parisien de protection de l'enfance*. Il a été chargé d'évaluer la situation de vos enfants [redacted] et de déterminer avec vous des actions d'aide et de protection dont votre famille a pu bénéficier.
Après avoir mis en œuvre les étapes 1 à 3 du nouveau dispositif pilote de protection de l'enfance, et eu égard aux conclusions du rapport qui lui a été remis, le service social de Proximité a décidé de suspendre les actions d'aide et de protection susmentionnées.

Nous vous précisons cependant que tout nouveau signalement au cours des vingt-quatre prochains mois conduirait à la mise en œuvre de procédures d'examen et de contrôle dites renforcées (étapes 4 à 6 du nouveau dispositif pilote de protection de l'enfance).
Nous vous rappelons bien sûr que vous pouvez faire appel à tout moment à l'un de nos agents. Le service social de Proximité se tient à votre disposition pour vous recevoir, si vous le souhaitez. Il vous suffit de contacter le secrétariat au 01 56 46 33 25.

Je vous prie d'agréer, Madame, Monsieur, l'expression de ma considération distinguée.

Madame Dagaubert
Responsable du service

**en application de la loi 293 du 5 mars 2007 art L221 réformant la protection de l'enfance*

NOTE DE L'AUTRICE

J'ai écrit ce roman à partir d'une expérience personnelle.

Cette fiction ne remet aucunement en cause l'utilité de la protection de l'enfance.

NORD COMPO
multimédia

Composition et mise en pages
Nord Compo à Villeneuve-d'Ascq

Imprimé en France par CPI
en mai 2023

Dépôt légal : août 2023
N° d'édition : 600799-0
N° d'impression : 174701